D1470645

LA DÉMENCE
DU BOXEUR

FRANÇOIS WEYERGANS

LA DÉMENCE
DU BOXEUR

roman

Prix Renaudot 1992

BERNARD GRASSET
PARIS

IL A ÉTÉ TIRÉ DE CET OUVRAGE
TRENTE-TROIS EXEMPLAIRES
SUR VÉLIN CHIFFON DE LANA
DONT VINGT-TROIS EXEMPLAIRES DE VENTE
NUMÉROTÉS 1 A 23
ET DIX HORS COMMERCE
NUMÉROTÉS H.C. I A H.C. X.
CONSTITUANT L'ÉDITION ORIGINALE.

© Éditions Grasset & Fasquelle, 1992.

Un homme décide de partir en voyage. Il passe dans la pièce d'à côté, et dit : « Je suis arrivé. »

(Karl Philipp Moritz)

1

Melchior Marmont, président de la société anonyme Melchior Films (production et distribution), venait d'avoir quatre-vingt-deux ans lorsqu'il réussit enfin à se rendre propriétaire de la maison où il avait été un petit garçon jouant à cache-cache et au conducteur de locomotive, où il avait vécu les plus beaux moments de son adolescence, où il avait écrit des poèmes à la lueur d'une bougie (il avait toujours dans un vieux carnet une " Ode à l'orage " et sa " Danse macabre ") et connu ses premiers fantasmes d'amour avec de jolies femmes, tout ce que feu son frère aîné, médecin des Hôpitaux, aurait appelé le passage gratifiant du stade érotico-masturbatoire au stade érotico-copulatoire. C'est dans cette maison que Melchior, à l'âge de dix ou onze ans, avait pris l'habitude de s'endormir en posant une main sur sa poitrine, voulant s'assurer que son cœur ne s'arrêterait pas de battre pendant la nuit, habitude qu'il avait spontanément retrouvée quand il avait de nouveau dû dormir seul des dizaines d'années plus tard. Son cœur, qui continuait bel et bien, ou plutôt tant bien que mal, de battre, avait moins vieilli que ses mains dont la peau était devenue diaphane.

A son grand étonnement, il avait recommencé, depuis qu'il avait acheté la maison le mois dernier, à faire des rêves qui le mettaient de bonne humeur. Un rêve qu'on ne peut raconter à personne est comme une fleur qui ne s'ouvre pas, mais c'était quand même mieux que les cauchemars qui l'avaient abruti pendant ces dernières années.

" Voit-on sur mon visage, se disait-il, les gens que j'ai aimés, et quel souvenir j'en ai? Devine-t-on dans mes yeux les idées auxquelles je tiens encore? Ai-je bien la tête d'un homme qui s'oppose à la thèse qui veut que l'objectif de chacun dans la vie soit son propre intérêt, et qui s'y opposera jusqu'à son dernier soupir? *Jusqu'à son dernier soupir...* Quelle expression surannée! Décidément j'ai le vocabulaire de mes artères. Comme si chacun s'occupait si bien de soi! Presque tout ce que nous pensons faire dans notre propre intérêt, pour peu qu'on y réfléchisse, il aurait souvent mieux valu faire autre chose... "

Il se regardait dans la glace, un petit miroir entouré de plastique jaune citron acheté dans une droguerie de Venise, ce qui lui faisait dire qu'il avait chez lui un miroir vénitien. Il redoutait de découvrir qu'il avait l'air traqué. " L'air traqué " était sa hantise. Sur la plupart des photos de gens âgés qu'il voyait – il savait bien que pour tout le monde il était lui-même un vieillard –, il trouvait à tous ces vieux un air traqué, comme si le gâchis de leur vie, l'immesurable gâchis de toute leur vie, apparaissait et réclamait son dû, une compensation, un dédommagement qui consistait à lui reconnaître enfin le droit d'exister après avoir été si longtemps soustrait aux consciences et aux regards. Le gâchis, venu revendiquer son droit à l'existence, obligeait tous ces vieux à le lui accorder en l'exhibant sur leur visage, non pas sous forme de craquelures rouges, de peau écaillée ou d'un fibrome mou accroché à une paupière, comme le croyaient les naïfs, mais de la plus irrémédiable et sournoise façon, en prenant un air égaré, docile, perdu, qui donne l'impression que les yeux sont sous anesthésie locale, bref, ce que Melchior appelait l'air traqué.

Il craignait le moment où, à son tour, il serait rejoint par son propre gâchis, un moment aussi imprévisible que la mort.

Ce moment n'était pas arrivé, estimait-il, et son miroir lui disait : " Tu as encore un peu de temps pour continuer de gâcher ta vie, Melchior, mais moins que tu ne crois. Profites-en bien! Le gâchis s'amène sans crier gare. Le jour où il te rattrapera, ne viens plus me voir. " Melchior était certain qu'un contrat avait été passé entre le gâchis et la mort, permettant au gâchis de jouir à son aise de la situation avant que la mort n'intervienne. Tant que le gâchis ne commencerait pas à lui labourer le visage, la mort se tiendrait à distance, et, du coup, Melchior guettait avec moins d'appréhension tout ce qui pouvait le faire penser à des signes discrets de défaillance cardiaque.

Il était resté maigre, comme s'il s'était appliqué à ne pas contredire sa mère qui lui avait déclaré, le jour de son deuxième ou troisième mariage, mais il ne se souvenait plus si c'était le deuxième mariage de sa mère ou un de ses mariages à lui, en tout cas c'était un jour de mariage : " Toi, tu resteras maigre toute ta vie. " Était-ce un compliment, un diagnostic, un regret? Sa mère n'était plus là pour répondre.

Sa mère était hongroise, une Hongroise née à Marseille! Elle lui avait donné la couleur de ses yeux et Melchior avait les yeux verts. Il n'avait jamais rencontré un autre homme qui ait les yeux verts, couleur qu'il avait tant appréciée dans les yeux des femmes qu'il avait aimées.

Personne n'aurait pu se douter qu'il était à moitié hongrois, né de Mme Marmont, elle-même née Kálmán Eva, les Hongrois plaçant le nom de famille avant le prénom, ce qui avait dû contribuer à donner à Melchior un grand sens de la famille. L'année où il était membre du jury à Berlin, quand on avait su que c'était lui qui s'était battu pour que l'Ours d'or soit attribué au film hongrois *Az ember tragédiája*, il avait dit qu'il était d'origine hongroise et il avait été gêné de devoir avouer qu'il ne savait pas comment prononcer le titre du film primé. Pour tout ce qui concernait les rapports entre sa famille et la Hongrie, c'était son autre frère, Georges, le ténor, qu'il fallait consulter. Georges était l'historien de la famille. Il avait pris très à cœur cette histoire d'ascendance hongroise. Il travaillait depuis des années à un arbre généalogique, et, sur ses vieux jours, il avait écrit une histoire plus ou moins romancée de ses grands-parents, intitulée " Rhapsodie hongroise ", et dont Melchior venait juste de recevoir une copie. Georges s'était toujours ingénié à vouloir réunir le ban et l'arrière-ban de la famille à la moindre occasion. Il n'oubliait jamais un anniversaire, ni les sapins à Noël ni les œufs à Pâques. Il habitait maintenant au Québec, mais chaque fois qu'il l'avait pu, il avait passé ses vacances en Hongrie. Il était le seul des trois fils de Kálmán Eva qui parlait parfaitement le hongrois, bien mieux que sa mère.

Quel choc il aurait quand Melchior lui apprendrait qu'il venait d'acheter la maison de leur enfance, cette maison où, vers l'âge de dix ans, ils avaient cessé de confondre les rideaux de leur chambre avec des assassins brandissant un poignard. Melchior aurait-il de nouveau peur? Il n'y avait même pas pensé. Était-ce bien prudent d'avoir acheté cette grande maison au moment où il se retrouvait si seul dans la vie?

Il avait eu quatre-vingt-deux ans avant même d'avoir pu s'habituer à l'idée d'être un octogénaire. " Quand on vieillit, pensait-il, il faut s'arranger pour ne pas avoir une minute à soi. Lutter contre le temps doit se faire avec les mêmes armes que lui. Il faut lui lancer au moins un siècle à la figure. Vouloir vivre un siècle! Alors le temps vous respecte... "

Il avait entendu dire que la France comptait plus de trois mille centenaires. Pas au Tibet où on devient centenaire en restant accroupi dans une grotte et en se nourrissant de syllabes sacrées! En France! Melchior préférait ne pas penser à ces centenaires qui devaient pour la plupart se traîner de leur télévision à leur lit, en proie à des attaques d'arthrite aiguë, régurgitant leurs vitamines B 12, croupissant au fin fond de macabres hospices, persécutés par des cohortes d'infirmières.

On verrait bien. Il avait encore pas mal de temps devant lui. Il ne serait centenaire qu'à la fin du siècle. Ses infirmières à lui étaient les jeunes comédiennes qu'il recevait au bureau et

qu'il s'efforçait d'intéresser en leur parlant de
metteurs en scène qu'il avait connus, et qui
étaient morts sans avoir pu tourner de films
pendant les dix ou vingt dernières années de
leur vie, des gens à qui on avait offert des hom-
mages et des rétrospectives dans les festivals du
monde entier, sans doute pour leur faire oublier
que plus personne ne voudrait leur produire un
film, et qui avaient dû se réveiller tous les
matins, pendant ces mêmes dix ou vingt dernières années, en sachant qu'on ne viendrait
plus jamais les chercher avec une voiture de la
production pour les conduire sur un lieu de
tournage. Alors ils tuaient le temps en modifiant une phrase ou deux dans des scénarios qui
ne valaient même pas, aux yeux des producteurs qui acceptaient de les lire, la somme
nécessaire pour les photocopier. Du temps où
Melchior les croisait encore dans les hôtels de
Cannes ou du Lido, amaigris ou obèses, aux
prises avec leur gloire stérilisante, otages d'une
Histoire du cinéma où la profession les par-
quait, il se sentait prêt à réunir aussitôt pour
eux tout l'argent nécessaire, et s'était chaque
fois entendu répondre que le scénario n'était
pas encore au point. Sans doute n'avaient-ils

16

plus la force d'affronter une dernière fois les vieux monstres que libère la caméra.

Dans l'Antiquité, les Gorgones n'avaient à elles trois qu'un seul œil dont elles se servaient l'une après l'autre, et Melchior aimait penser que cet œil était celui de la caméra, l'œil de Méduse qui avait le pouvoir de pétrifier les êtres humains qu'elle regardait. On avait décapité Méduse, et le cinéma mourait à son tour, décapité chaque fois que disparaissait, ou que baissait les bras, un de ceux qui avaient contribué à le rendre attirant.

Melchior était né en même temps que le cinéma. Ils avaient grandi ensemble, et leurs vies lui paraissaient liées comme celles des frères jumeaux dont on dit que l'un survit très peu de temps à l'autre. Melchior avait de bonnes raisons de ne pas vouloir que le cinéma meure avant lui. S'il continuait d'aller dans les festivals, où il n'osait plus traîner dans les halls d'hôtel pour ne pas devoir constater qu'on s'étonnait de le voir encore vivant, c'était pour découvrir dans les films nouveaux une séquence bien montée, un plan bien interprété, une bobine ou deux qui aient du rythme, afin de pouvoir se dire que le cinéma existait encore. Et les films qu'il aimait, il ne les achetait même plus. Il savait que les exploitants n'en voudraient pas. S'il était membre du jury, il manœuvrait pour les faire figurer au palmarès, et, en rentrant à l'hôtel, il voyait s'avancer vers lui un jeune réalisateur qui lui présentait sa femme, qui était aussi l'actrice du film, tous les deux tenant à lui dire qu'ils étaient fiers que leur travail ait été défendu par quelqu'un comme lui. A son avis, ils n'avaient jamais entendu parler de Melchior Marmont avant d'avoir découvert son nom sur la liste des membres du jury. Ils s'étaient sans doute renseignés auprès d'une secrétaire du festival : " Le vieux Marmont? Quelqu'un qui a perdu beaucoup d'argent dans les années trente avec des films que toutes les télévisions lui achètent aujourd'hui. " C'était la réputation qu'il avait. Le prophète des années trente! Les gens confondaient les films qu'il avait distribués, et dont il n'avait plus toujours les droits, avec ceux qu'il avait produits, moins nombreux et malheureusement moins intéressants. L'argent qu'il avait perdu, c'était à cause de films qui ne s'étaient jamais faits, ou dont les tournages avaient été interrompus par des guerres, des morts, des maladies ou des disputes. Rien ne

18

coûte plus cher qu'un film qu'on prépare et qu'on ne tourne pas, mais c'étaient ceux-là qui avaient laissé à Melchior les meilleurs souvenirs. Quand il prenait la décision de renoncer à un tournage préparé depuis des semaines et des mois, au lieu d'être de mauvaise humeur en payant les dédits, il s'était chaque fois retrouvé dans un état euphorique égal à celui du joueur qui voit sortir à la roulette le numéro plein sur lequel il a lancé ses dernières plaques. Il gesticulait dans son bureau, annulant au téléphone des locations de matériel, dans des transes de derviche tourneur.

Avoir longtemps préparé un film et puis ne pas le tourner, lui paraissait une grande expérience humaine, un joli tour joué à la volonté. La volonté n'a pas tous les droits sur le futur, estimait-il. Faire ce qu'on a décidé de faire, c'est rassurant, une chose évidente a remplacé beaucoup de choses éventuelles, voilà, c'est fait, et alors? Tandis que renoncer à faire ce qu'on veut, c'est précisément rendre hommage à l'éventuel et à l'imprévu, à tout ce qui sera toujours douteux, précaire et ambigu dans le monde. Avec de tels raisonnements, Melchior s'était souvent dit qu'il n'avait plus qu'à se retirer des affaires, mais il avait tenu le coup. Il était devenu le spécialiste mondial des films qui ne se faisaient pas. Pour se payer ce luxe, il en produisait d'autres, qu'il ne mentionnait jamais. Dès qu'il entendait parler d'un projet ambitieux dont personne ne voulait, il faisait signe au scénariste et au metteur en scène : " Nous ne tournerons peut-être jamais ce film, mais nous allons bien nous amuser. Nous allons le faire exister dans nos têtes. Croyez-moi, ce ne sera pas si mal. Repérons les décors, offrons-nous des maquettes de costumes. Rencontrons des acteurs. Après tout, qu'un film soit tourné ou ne soit pas tourné, par rapport aux centaines de millions de gens qui ne le verront jamais... " Et il n'y avait pas eu un seul réalisateur qui ait résisté, ni les plus grands, ni les plus sceptiques, et c'étaient souvent les mêmes. On leur avait dit que Marmont les laisserait tomber, mais chacun espérait qu'il serait l'exception à la règle. Il n'y avait pas eu d'exception. Quelques-uns de ces films avaient fini par se faire sans Marmont, qui revendait ses droits et venait assister à la première projection privée : " Avouez que le film fini n'arrive pas à la cheville de notre projet. " Si le film était réussi, il était furieux de ne pas l'avoir produit lui-même et consultait son avocat pour trouver un moyen d'en empêcher la sortie.

Son frère aîné, le neurologue, lui avait parlé d'angoisse de mort à propos de ces films qu'il ne finissait pas, et qui témoignaient, selon lui, d'une hyperactivité désordonnée. Si Melchior était euphorique quand il renonçait à un projet, c'était un symptôme d'accès maniaque atténué. Ces films abandonnés en cours de route ne seraient-ils pas la réactivation d'une situation d'abandon plus ancienne? Il avait aussi parlé d'agressivité. Melchior, toujours d'après son frère, n'aurait pas supporté qu'on finisse un film parce qu'il ne supportait pas non plus que la vie humaine finisse. Melchior avait gardé pour lui ses propres explications, mille fois plus retorses. Il s'était calmé depuis. Dans les années cinquante, il avait mené à bien tous les films qu'il produisait. C'était moins amusant, mais dans la profession on l'aima davantage.

Sans la télévision, la Melchior Films n'aurait pas survécu au-delà des années soixante. Il avait heureusement réussi à vendre aux " Services Cinéma " des télévisions du monde dit civilisé, de la Suède à Israël, en Asie et en Australie, les droits de diffusion des films qu'il avait produits entre les deux guerres, sans en tirer cependant les fortunes qu'on disait. Il était agacé, à la longue, quand des télex lui réclamaient des copies de films qui n'avaient jamais figuré sur ses catalogues. On devait se dire : " Un vieux film français avec Simone Simon ou Jules Berry, ça doit se trouver à la Melchior. " Pourquoi venir lui rappeler qu'il avait été assez bête pour ne pas miser un franc sur des films dont le titre excitait encore des programmateurs bavarois ou argentins trente ans après leur sortie?

Aujourd'hui il signait des accords de coproduction avec des télévisions européennes. Lui, Marmont, Melchior Marmont, l'homme qui avait dansé avec Barbara Stanwyck et prêté un nœud papillon à Sir Alec Guinness, l'homme qui avait déjeuné à New York avec D.W. Griffith et à Copenhague avec Carl Dreyer, pris l'ascenseur du Carlton avec Kim Novak et celui de l'Excelsior avec l'éblouissante Silvana Mangano, cet homme-là était devenu un producteur de télévision, même s'il continuait à tourner en 35 mm et se bouchait les oreilles quand on lui parlait de vidéo. Il se rendait compte qu'il était passé du côté de ceux qui accéléraient la mort du cinéma, c'est-à-dire, il y croyait dur comme fer, la sienne.

Il avait souvent entendu des jeunes gens dire que, plus tard, ils feraient du cinéma. Aucun n'avait dit : " Je ferai de la télévision. " La télévision, c'était faute de mieux. Pourtant, le grand John Ford lui-même avait tourné pour la télévision, et avec John Wayne ! Mais ce n'était qu'un téléfilm de vingt-six minutes, et il y avait vingt-six ans de cela.

Il avait souvent parlé de la mort du cinéma avec Irène. Elle refusait d'y croire. Elle était critique de cinéma et il l'avait connue dans des festivals, où il avait pu deux ou trois fois l'aider à obtenir des interviews de vieux metteurs en scène ou acteurs qui faisaient le désespoir de leurs attachés de presse. Irène et Melchior avaient pris l'habitude de se retrouver à Saint-Sébastien, à Moscou, à Berlin. Il n'aurait jamais cru qu'elle deviendrait amoureuse de lui. Il aurait pu être quasiment son grand-père. Il l'invitait aux projections privées qu'il organisait à Paris. Un soir, après un dîner qu'il avait offert, au restaurant de l'hôtel Meurice, à une délégation de distributeurs japonais, il lui avait dit qu'il l'aimait. Ils s'étaient mariés à la mairie d'Antibes où personne n'aurait imaginé qu'il retournerait six ans plus tard pour faire inscrire sur son livret de famille le décès d'Irène.

Il aurait voulu oublier la date exacte de l'accident, mais il se souvenait même de l'heure. Il se souvenait aussi de la chaleur lourde et de la lumière flamboyante de cette fin de matinée où elle avait dit : " Je vais à la plage, à tout à l'heure ! " Il était resté sur le pas de la porte. Il l'avait vue enfourcher le vieux vélo. On disait que de nombreux vieillards ont tendance à oublier les faits récents. Melchior aurait volontiers accepté la destruction de quelques-uns de ses vaisseaux cérébraux en échange d'un oubli total de ce qui était arrivé quatre ans plus tôt.

Et s'il avait pu mourir à la place de sa femme ? Se sacrifier pour qu'elle reste en vie ? Pourquoi la Mort aux yeux fermés, déesse odieuse même aux immortels, ne l'avait-elle pas choisi, lui ? Ne se serait-il pas tué pour que sa femme vive ? Si la Mort aux ailes de chauve-souris lui était apparue en rêve, squelette serrant dans ses doigts des roses fanées, pour l'avertir qu'elle allait lui prendre sa femme, il

24

aurait réussi à la convaincre d'emporter plutôt son cadavre à lui, il en était sûr. Il était un habile négociateur. Il arrivait bien à vendre ses films sans les montrer. Il serait forcément parvenu à un accord avec la mort.

Il se serait enfoncé un couteau de cuisine dans le cœur pour que sa femme soit épargnée. L'aurait-il fait ? Il en avait été persuadé pendant des jours. " J'aurais donné ma vie pour elle ", avait-il dit, plaçant cette phrase au centre de ses pensées, la ressassant, une de ces phrases qui tiennent lieu de conviction profonde à celui qui s'y accroche quand tout vacille autour de lui, une phrase que les siècles ont rendue solide, une phrase reposante qui permet de faire l'économie d'un examen critique de ce qui est en train de vous affoler. Sa belle-famille était arrivée au grand complet, le père et la mère de la défunte, les frères et sœurs, d'autres gens qu'il n'avait jamais vus, et on ne savait plus qui consolait qui. Melchior, incapable de s'intéresser à ce qui l'entourait, avait répété comme un automate, chaque fois qu'on lui serrait la main ou les bras : " Si au moins j'avais pu mourir à sa place ! " Il avait bien senti que c'était la solution qu'ils auraient tous préférée. Les quelques mots qu'il rabâchait ressemblaient à une prière, mais il ne savait pas qui supplier lorsqu'il disait : " Si au moins j'avais pu mourir à sa place ! " Plus tard, le souvenir de cette phrase lui avait fait horreur. Il l'avait jugée grandiloquente. Il ne reconnaissait qu'à une mère le droit de la prononcer et d'être sincère, sinon, pensait-il, vouloir mourir à la place de quelqu'un d'autre, quelle prétention et quelle emphase, surtout si l'autre est déjà mort ! Quand on a empiété, jour après jour, sur la vie de ceux qu'on aime, on ne renonce pas facilement au pouvoir qu'on avait sur eux, on leur dicte encore leur conduite : " Ne meurs pas, laisse-moi le faire à ta place. " Comme si on allait le faire mieux qu'eux ! Comme si on leur en voulait de se passer de nous à ce moment si important de leur vie ! Comme s'ils n'étaient pas assez grands pour savoir mourir tout seuls !

Melchior avait dû braver de nombreux et redoutables a priori, entrer en conflit avec les plus généreuses de ses convictions, pour en arriver à croire qu'un enterrement est le dernier moment où on peut encore tirer avantage d'avoir connu la personne à la fois docile et décédée qui vous offre si aimablement l'occasion d'éprouver un des plus grands chagrins de votre vie, un de ces chagrins tant prisés, sans lesquels la vie ne serait qu'une partie de plaisir et une affaire de gens bien portants, ce qui affolerait l'humanité tout entière, qui préfère ce qui l'afflige à ce qui la réjouit.

Un enterrement, pensait-il, ou tout autre genre de funérailles, que le corps soit embaumé, momifié, brûlé, immergé, livré aux oiseaux de proie ou cousu dans une peau de phoque, abandonné au fil du courant à bord d'une pirogue ou ficelé les genoux contre la poitrine dans une jarre, tout cela n'est qu'une sévère reprise en main du mort par les vivants, qui ne supportent pas l'idée qu'on puisse mourir sans qu'ils s'en mêlent. C'est plus fort qu'eux, ils veulent régenter la vie des autres jusqu'au cimetière! Enterrer quelqu'un — Melchior en était persuadé — c'est le faire mourir une deuxième fois, c'est lui donner la mort qu'on trouve qu'il aurait dû avoir, une mort selon les règles, rassurante, irréprochable, pas une mort bâclée comme elles le sont toutes avant que les rites ne viennent mettre un peu d'ordre dans leur débraillé.

Les hommes ne se sont jamais privés d'exercer leur emprise sur ceux qu'ils aiment, et le meilleur moment, apothéose camouflée par le chagrin, n'est-il pas ce laps de temps trop court entre le décès et le retour du cimetière? Melchior aurait-il le culot de demander, quand son tour viendrait, qu'on le jette tout nu dans un trou creusé en hâte au fond d'un jardin, et que personne n'assiste à ça? Dans son testament, il avait prévu tout autre chose. Il demandait à ses amis de se réunir autour de son cercueil dans une salle de cinéma, en espérant qu'il y aurait encore des salles de cinéma dignes de ce nom au moment de sa mort. On pourrait même projeter un film. On passait bien des disques, maintenant, pendant les incinérations. L'autre jour, au columbarium du Père-Lachaise, pendant que le cadavre résistait aux flammes, Melchior avait dû subir un interminable oratorio, la dernière musique écoutée par le défunt à l'hôpital, quelqu'un du même âge que lui, un de ses meilleurs amis depuis plus de quarante ans, le plus amusant des dialoguistes avec qui il ait jamais travaillé, et dont il n'osait pas imaginer la fin, intubé par voie nasale dans un service d'urgences, des écouteurs lui déversant dans le crâne l'Orchestre philharmonique de Berlin et les chœurs du Singverein de Vienne.

Quel film Melchior demanderait-il qu'on projette pour son enterrement? Il avait pensé à un montage de séquences où on verrait les actrices dont il avait été, tant de fois en vain, très amoureux. S'il n'avait produit que des films documentaires, sa vie sentimentale aurait été moins agitée. Il avait vite renoncé à ces funérailles cinématographiques. Ce n'était de toute façon pas le premier testament qu'il rédigeait, et sûrement pas le dernier. Il s'était souvenu du tollé qu'avait provoqué Isadora Duncan en dansant devant la tombe de ses deux petits enfants qui avaient péri, noyés, à l'intérieur d'une automobile tombée dans la Seine.

A la morgue, il n'avait pas reconnu le visage d'Irène. Il n'avait reconnu que le paréo qu'elle avait passé sur son maillot de bain avant de partir pour la plage à vélo, son paréo fuchsia, déchiré et taché de sang, et le bracelet qu'il lui avait donné la veille, un bracelet de fausses pierres aux nuances de bleu et de mauve qui ressemblait à une couronne d'iris et de pivoines, avait-elle dit devant la vitrine du magasin où il était retourné sans elle. Le bracelet était resté dans son paquet-cadeau pendant des semaines. Pourquoi le lui avait-il donné précisément ce soir-là ? Elle l'avait gardé à son bras pendant la dernière nuit que le Destin, dieu aveugle, fils de la déesse des ténèbres, leur avait permis de passer ensemble.

Irène avait quarante ans de moins que Melchior, ce qui ne faisait, disait-elle, que quinze mille jours. Quand ils s'étaient rencontrés, elle avait trente-deux ans. Au début de leur mariage, elle avait souhaité qu'ils aient un enfant. Il lui avait dit : " N'oublie pas que je vais mourir bien avant toi. "

Depuis la mort d'Irène, Melchior passait le soir de ses anniversaires tout seul dans la chambre 217 de l'hôtel Meurice, où ils avaient fait l'amour pour la première fois.

Il était né au début du siècle, " début du siècle " n'étant pas une estimation faite à peu près : il était venu au monde dans la nuit du 1er janvier 1900, sans savoir que sa mère avait espéré pendant neuf mois une fille. La nouvelle avait été annoncée avec des fautes d'orthographe et des timbres du XIXe siècle à une enfilade d'oncles et de tantes. Melchior préférait penser qu'il était né au douzième coup de minuit de la dernière nuit du XIXe siècle, et sa mère avait fini par ne plus le contredire.

Il réservait la chambre du Meurice d'une année sur l'autre. C'était plus prudent dans cette période de réveillon. Le jour de ses quatre-vingt-deux ans, il avait fait monter une bouteille de champagne et deux flûtes. D'un air un peu libre, le garçon d'étage lui avait souhaité une bonne soirée.

Quelle erreur amère, et à laquelle il n'avait pas la force de résister, commettait-il en revenant dans cette chambre où elle lui avait souhaité son anniversaire, pour la dernière fois, quatre ans plus tôt, en lui disant qu'elle ne le lui souhaitait pas avec des mots mais avec son corps?

Se souvenant d'Irène en buvant son champagne, il avait remis à jour la liste des personnes auxquelles il désirait que soit envoyé le faire-part de sa propre mort. Trois semaines plus tard, le jeudi 21 janvier 1982, il achetait la maison.

2

Il avait toujours connu cette maison où sa mère les emmenait chaque été, lui et ses deux frères, quand ils étaient petits. Le reste de l'année, ils vivaient à une soixantaine de kilomètres de là, près de la forêt où leur père travaillait, dans une maison de village, presque une cabane.

Du plus loin qu'il se souvenait, Melchior avait toujours été ébloui, effrayé, par les nombreuses pièces, les chambres claires et spacieuses, les deux salons, les couloirs, le grand escalier en pierre et la rampe en fer forgé avec ses courbes et ses spirales qui, le soir venu, quand arrivait l'heure où il devait monter se coucher, devenaient des ongles pointus, des griffes qui l'attendaient pour lui couper les mains qu'il dissimulait comme il pouvait en se blottissant entre ses deux frères qu'il suppliait de monter en même temps que lui, même s'il était le plus jeune et qu'il aurait dû monter se coucher le premier.

Il lui avait donc fallu attendre près de soixante-dix ans, s'affairer pendant tout ce temps-là, languir, survivre, se tourmenter, aimer, croire à de somptueuses âneries, commettre quelques gaffes impardonnables, franchir deux guerres mondiales et trois mariages avant de devenir propriétaire de la maison où il avait vécu les mois ensoleillés de son enfance, sans savoir alors que le fait de grimper aux arbres, d'attraper un papillon, de collectionner des timbres, de réussir un dessin, d'avoir peur de ceux qu'il aimait, d'aimer les situations qui lui faisaient peur, d'être méchant sans être puni ou puni sans avoir rien fait, tout cela représentait autant d'expériences trop profondes, trop vitales pour qu'il ait pu les maîtriser ou comprendre même que c'était des expériences, mais dont il s'était si fort imprégné qu'elles n'avaient jamais manqué de resurgir quand il avait eu besoin de les savoir là, comme des pilotis évitant à sa vie de s'écrouler ou de s'envoler dans les moments de bonheur ou bien de désarroi. En devenant le propriétaire de la demeure où il pensait avoir connu les plus intenses impressions de sa vie, ce qui restait indémontrable mais avait plu au notaire, Melchior ne comptait pas tant se livrer à d'aléatoires reconstitutions historiques, lesquelles avaient sûrement leur charme, que réparer une injustice qu'on lui avait faite en le privant de la maison de son enfance (attention aux élaborations délirantes de la paranoïa, aurait dit son frère aîné). Il se doutait bien que sa vie ne repartirait pas de zéro parce qu'il se verserait des rasades de whisky dans des verres à vodka sur les lieux mêmes où sa mère avait tant de fois délayé à son intention de la poudre de chocolat dans de l'eau chaude. Il était bien forcé d'admettre qu'il n'avait aucune prise sur le temps, mais ne voulait pas que l'espace lui échappe, et s'il ne pouvait plus rattraper l'un, il pouvait encore acheter l'autre. Dans la guerre d'usure que se livraient le temps et l'espace, dans ce vieux débat, dans cette guérilla séculaire, dans cette lutte éternelle, où le temps aurait toujours le dessus, Melchior était du côté de l'espace. Le temps s'attaquait sans trêve à son corps, le temps était sournois, tandis que l'espace, plus accueillant, se laissait parcourir sans réticence. Melchior le disait souvent : " Une promenade dans l'espace est plus saine qu'une promenade dans le temps. " Il savait que ce n'était pas vrai, et que les paysages ou les villes dont il se souvenait ne se détérioraient pas moins que son corps dont il avait pu suivre de plus près le vieillissement. Au moins l'espace était-il visible, quand le temps restait impalpable. S'il ne savait pas où avait disparu son enfance, Melchior avait au moins repris possession de l'endroit où cette enfance avait eu lieu.

La maison était vraiment belle ! Il s'y installerait avec toutes ses boîtes de films, les deux cents marionnettes de Java dont les têtes ne correspondaient pas aux corps et qu'il avait rachetées à un importateur en faillite, se promettant de s'amuser un jour à remettre les bonnes têtes sur les bons corps, et il pourrait enfin réunir dans la même pièce les instruments à percussion qu'il avait rapportés des quatre coins du monde, ses gongs, ses xylophones, ses cloches et ses tambours, cloches dénichées dans des fermes de l'Engadine et du Tyrol, cloches volées dans des temples et qu'on venait lui proposer à son hôtel à Colombo ou à Saïgon,

" tambours parlants " du Ghana, tambours en terre cuite du Cachemire, tambours japonais en forme de sablier, tous ces instruments qui avaient à un moment ou à un autre séjourné dans son bureau et qu'il montrait aux cinéastes qu'il faisait travailler : " Le rythme! Le rythme! Tout le reste en découle. "

La maison était située au nord (Melchior préférait dire " au septentrion ", comme, au lieu de dire " à l'est ", il disait " à l'orient ", termes qu'il se plaisait à retrouver sur les cartes anciennes qu'il collectionnait, telle cette carte du XVIe siècle qu'il avait acquise tout récemment pour le seul mot *Midy*, superbement calligraphié et plus évocateur que *sud* — " plus évocatoire ", avait-il dit dans la boutique — et ce goût très vif pour les mots que les dictionnaires flétrissaient avec les indications " vieux " ou " vieilli " était un trait de son caractère que Melchior qualifiait d'atavique, connaissant depuis toujours l'histoire, célèbre dans la famille, de son arrière-grand-père maternel, prénommé Melchior comme lui, un artisan horloger, qui s'était toujours refusé à prononcer le mot " montre ", s'entêtant à dire " horloge de poche "), la maison était donc située au

septentrion de plusieurs parcs naturels régio-
naux, cette version moderne des territoires,
domaines et apanages que se réservaient les rois
ou les princes, territoires aujourd'hui réservés à
ces rois qui fourmillent et prolifèrent, et qu'on
appelle les touristes, la seule espèce de préda-
teurs, disait Melchior, qui n'est pas en voie de
disparition.

C'était une maison de maître comprenant un
logis sur trois niveaux et une tour contiguë élevée probablement au XIIe siècle. La chapelle privée était beaucoup plus tardive. Des travaux
d'embellissement avaient été entrepris au
XVIIIe siècle, lorsqu'un certain évêque Pierre de
Myriel, que Melchior soupçonnait d'avoir des-
siné les arabesques griffues de la rampe en fer
forgé, avait vendu l'édifice à un receveur des
gabelles qui l'avait lui-même cédé à des cha-
noines, responsables à leur tour de certains
remaniements intérieurs qui permirent plus
tard au petit Melchior d'avoir une chambre
pour lui tout seul. Melchior connaissait sur le
bout des doigts l'histoire de cette maison dont
les bâtiments avaient été saisis comme biens
nationaux avant d'être rachetés par des prêtres
puis par un magistrat, et enfin par le proprié-

taire d'une scierie Florentin Servant, qui avait
agrandi les jardins et fait construire, en 1900,
un portail flanqué de piles surmontées de vases
en pierre calcaire. Les vases étaient toujours là.
Ils avaient exactement le même âge que Melchior et n'avaient pas moins de rides et de
taches brunes que lui.

Melchior avait découvert chez un antiquaire
de Moulins le procès-verbal d'estimation, daté
de 1796, précédant la vente en bien national de
cette maison dont il annonçait périodiquement
qu'elle serait bientôt à lui, et il s'était promis de
l'attacher un jour à l'acte de vente de ladite
maison dès qu'elle lui appartiendrait. Il l'avait
dit à l'antiquaire qui avait répondu : " Vous
voulez forcer le destin ! " Des années plus tard,
Melchior demandait une agrafeuse, et, devant
notaire, procédait à la réunion des deux docu-
ments.

A trente-cinq kilomètres de Vichy, en pleine
Montagne bourbonnaise, la maison était voi-
sine de nombreuses demeures féodales plus
importantes, de manoirs défensifs, de cours fer-
mées ayant conservé leurs ponts-levis, de corps
de logis flanqués de grosses tours gardant le
souvenir du seigneur de La Palice ou des

frasques du roi Henri IV. Melchior aurait pu, à certains moments de sa vie, racheter un de ces manoirs et le restaurer, mais il ne s'était jamais intéressé qu'à la maison qu'il appellerait jusqu'à sa mort " la maison de mon enfance " et à son jardin qui n'avait ni labyrinthe ni glacière ou belvédère, mais une fontaine en rocaille, malmenée par les pluies et les pigeons, ayant permis tant de jeux de cache-cache et abrité de longues séances de désespoir solitaire, quand il se mettait à pleurer à chaudes larmes pour un oui ou pour un non.

Un salon d'été ouvrait sur le jardin en terrasse. Dans ce jardin, plus fascinant à ses yeux que les grands espaces américains décrits par sa grand-mère Nóra installée en Californie où il ne se doutait pas encore qu'il irait la rejoindre un jour, il avait appris la nouvelle de la mobilisation générale en août 1914. On avait sonné le tocsin dans le village. La nation entière se levait pour défendre son sol et sa liberté. Le monde allait s'affranchir de l'oppression étouffante de l'impérialisme. La guerre serait courte. Un an plus tard, sa mère travaillait dans une usine de munitions et son père était mort.

Il avait quinze ans et demi. Ces souvenirs-là ne faisaient plus partie de ses souvenirs d'enfance.

Pendant la Grande Guerre, la maison avait été fermée, ou peut-être réquisitionnée. Tout cela était si flou, si confus. Il aurait fallu qu'il en discute avec ses frères, mais l'un était mort et l'autre loin, et ils n'avaient jamais parlé volontiers entre eux de cette période de leur vie, murmurant des phrases dont il était tacitement admis que personne n'avait besoin de les finir : " Au moment de la mort de Papa... Après la mort de Papa... " Devenue veuve, leur mère avait cessé d'emmener ses trois grands garçons dans la maison où leur père n'avait jamais pu, ou voulu, mettre les pieds. Adrien, Georges et Melchior avaient compris depuis longtemps pourquoi leur père n'accompagnait pas sa femme et ses fils dans cette maison où se trouvait un autre homme que lui.

Melchior ne serait donc plus entré dans cette maison depuis la mort de son père? Son père était mort en 1915, soldat presque inconnu dans un quelconque régiment d'artillerie immolé entre la Champagne et la Picardie, – l'ordre du jour était : " se faire tuer sur place

41

plutôt que reculer ˝ — et il avait reçu une croix de guerre posthume. Sa famille apprit qu'il avait été un combattant plein de zèle et d'une grande valeur morale, et que son chef d'escadron l'aimait bien. En 1917, les postes de la République française avaient commencé d'émettre leur série de timbres ˝ Orphelins de la guerre ˝. Les premières vignettes représentaient une veuve drapée de noir sur fond de croix de bois, un frère consolant sa petite sœur, une femme seule conduisant une charrue, mais personne n'avait eu l'idée de montrer trois adolescents désemparés qui se juraient de faire de bonnes études en mémoire de leur père et espéraient que la guerre ne finirait pas trop vite, ayant fait le serment, malingres Horaces devant tant de Curiaces boches, de demander à être engagés dès leurs dix-huit ans, ce qu'ils ne firent pas, gagnés par les idées pacifistes, approuvant les socialistes d'avoir quitté le gouvernement, admirant les mutineries dans l'armée et les grèves à l'arrière, mal informés sur ce qui venait de se passer en Russie mais rassurés par l'annonce de l'entrée en guerre des États-Unis et de la prochaine arrivée des Sammies.

Dans les années vingt, la France avait réimprimé deux fois sa série de timbres " Orphelins ", où les centimes devenaient des francs, et que Melchior, qui avait renoncé à sa collection, avait regardés avec mélancolie sur les lettres que sa mère et ses frères lui envoyaient à Hollywood où il venait d'arriver.

Quand il était revenu à Paris pour y fonder la Melchior Films, au début des années trente, il était retourné sur les lieux de son enfance et il avait appris que " sa " maison était sur le point de devenir un hospice ou une colonie de vacances. Il n'avait pas réussi à convaincre la municipalité de la lui revendre, même en promettant d'y faire tourner des films, ce qui amènerait du monde dans la région. Il se souvenait d'en avoir parlé à ses confrères d'Europa-Films qui cherchaient une grande maison de maître pour un film policier que devait mettre en scène Jean Renoir, mais le maire avait répondu à Melchior que la région n'avait que faire d'acteurs et d'actrices qui viendraient troubler la paix des ménages. Melchior avait fini par écrire à la préfecture. Il avait encore les doubles de ces lettres. Il ne jetait jamais rien, ayant appris que les choses les moins intéressantes peuvent tout à coup le devenir. Ce sont les pessimistes qui jettent leurs affaires, croyant se débarrasser du passé alors qu'ils manquent de confiance dans l'avenir.

Combien d'accessoires et de costumes créés pour un film n'avait-il pas demandé qu'on réutilise lors de tournages ultérieurs, voyant le même manteau taillé pour un rôle d'assassin porté ensuite par un commissaire de police, le même corsage d'abord audacieux, et plus tard " d'époque ", porté à quarante ans de distance par des actrices de vingt ans, ce qui prouvait que le propriétaire de tous ces vêtements avait eu raison de lutter de son mieux contre le temps en les conservant et en misant sur l'avenir pour maîtriser le passé.

" Soyez curieux de tout, disait-il à ses collaborateurs, intéressez-vous à tout, ramassez tout, ne jetez rien, ni les objets, ni les idées, ni les gens ! "

Au début de son long séjour californien, afin de garder un souvenir des premiers dollars gagnés en travaillant pour les Cecil B. DeMille Productions — il avait été embauché pour aider à peindre un décor et avait aperçu de loin Mr DeMille, ses mégaphones et les hautes bottes qu'il portait par peur des serpents —,

Melchior avait acheté à San Diego, chez un brocanteur philippin, un chandelier à deux branches en métal argenté. Quand il était devenu le patron de la Melchior Films, il avait toujours essayé de faire figurer ce chandelier dans les films qu'il produisait.

Pour les péplums qu'il avait coproduits en Italie dans les années cinquante, il avait fait dessiner son chandelier sur le carton du générique où apparaissaient les mots " Melchior Films ". Il avait ensuite fait reproduire ce dessin sur le papier à lettres de la société, et sur tous les génériques de ses films, ce qui avait fait dire à un critique, à la sortie de *L'Amuseur*, un film apparemment bâclé mais plein de trouvailles et de poésie, que " le producteur avait visiblement voulu faire des économies de bouts de chandelle ". Le film avait rapporté huit fois ce qu'il avait coûté, battant des records de recettes en Hollande et à Buenos Aires. Melchior avait envoyé au critique en question le décompte de la part producteur ainsi que le devis du film. Bien entendu, aucun écho n'avait paru.

Plus qu'une marque de fabrique ou un porte-bonheur, le chandelier était aux yeux de Melchior le symbole d'une certitude sans preuve, qu'il se sentait incapable de résumer d'un mot, et qui était relative à un devoir de fidélité au passé, même par le biais des plus humbles objets, témoins ou porteurs de sensations dont l'importance ne se manifeste qu'à des moments inattendus, situés très loin dans le futur, parfois après la mort de celui qui n'aura été que le gardien ou le confident de ces objets et des souvenirs dont ils sont la trace et le gage.

Comment en était-il arrivé à accumuler tout ce qui lui était un jour ou l'autre tombé entre les mains? Il avait même tenu à conserver quelques outils de son père, un coutre, au fer tranchant, en forme de langue bifide ou d'oriflamme, dont les dictionnaires modernes ne donnaient même plus la définition, un merlin et une cognée qui lui rendaient son père plus présent que les photographies que sa mère lui avait tant de fois reproché de ne pas mettre en évidence sur ses murs ou du moins à son chevet, comme s'il avait envie d'avoir son père dans sa chambre! S'il n'avait pas récupéré, par hasard et juste avant qu'un ferrailleur ne les emporte, ces quelques outils ayant appartenu à son père, et les pauvres lettres envoyées du front, que sa mère, devenue entre-temps

Mme Florentin Servant, avait réléguées au gre-
nier (février 1915 : " ma petite missive trou-
vera-t-elle mes enfants en bonne santé ? "), il
s'en serait voulu toute sa vie, la présence de ces
objets lui paraissant prolonger un tant soit peu
la vie de son père pendant la sienne.

La meilleure façon de se réconcilier avec le
temps, au lieu de se plaindre ou se méfier de
lui, ne serait-elle pas de parvenir à isoler, à
reconnaître, à accepter ce qu'il recèle de
magique, et cette magie capricieuse ne se sert-
elle pas autant des choses que des personnes ?
Un des épisodes de sa vie en avait persuadé
Melchior. Il y repensait souvent. C'était un
moment de son existence dont il n'aimait pas
parler mais qu'il avait suffisamment analysé
pour en tirer la leçon. Il avait alors vingt ans.
Un hasard l'avait fait entrer en possession
d'une forte somme.

3

Un de ses arrière-grands-pères était parti travailler à l'île Maurice après s'être compromis dans l'insurrection républicaine de mai 1839 si durement réprimée par le roi-citoyen Louis-Philippe qui gouvernait la France avec sa sœur Mme Adélaïde. Dans les archives familiales (Georges et Melchior s'étaient partagé le travail, Georges s'arrogeant une sorte d'exclusivité sur tout l'héritage hongrois, Melchior s'occupant de l'ascendance bourbonnaise), des lettres faisaient état du voyage de leur aïeul à Bordeaux où il s'était embarqué sur le *Paquebot-des-Mers-du-Sud* mettant à la voile pour Calcutta, sans savoir s'il s'établirait à l'île Maurice ou à l'escale suivante, l'île Bourbon, la future île de la Réunion. Malgré les ouragans terribles en hiver, il avait été envoûté par l'île

Maurice, où on produisait des bois estimés, mangliers, palmiers, aliboufiers, bois de natte et bois de fer.

D'après les lettres dictées à un écrivain public du quartier des Pamplemousses, émule local, voire descendant de Bernardin de Saint-Pierre qui n'avait pas dû pendant son séjour là-bas se contenter de rêver aux amours de Paul et Virginie, l'aïeul Marmont semblait ravi de travailler dans cette ancienne île de corsaires et ne regrettait pas son chantier de fendage dans la forêt de Tronçais. Melchior rappelait sans cesse qu'il était né dans une famille où — du côté de son père — on avait toujours travaillé dans les bois, une famille de bûcherons, de charbonniers et de scieurs de long. Son père passait presque toute l'année parmi les arbres, dans le silence et la solitude. Son grand-père, son père, ses oncles, tous ouvriers du bois, s'étaient construit dans la forêt des huttes (on disait des loges) bâties sur des perches et couvertes de branches entrelacées, de mottes de terre et de copeaux. Sa mère, après un court veuvage, s'était même remariée avec le propriétaire de la scierie " Les Grands Chênes ", ce cher Florentin Servant qui avait envoyé Melchior et ses deux frères continuer leurs études à Paris, mettant fin de la sorte à toute une dynastie de bûcherons et de scieurs de long.

Melchior était resté incollable sur les forêts, les arbres, le mélange du chêne et du hêtre, les plantations de feuillus. Il se souvenait d'avoir aidé son père à détruire les bruyères et à repiquer des glands. Il était fier de pouvoir lui venir en aide, et, sur le chemin du retour, il se demandait comment son père s'en serait sorti s'il n'avait pas été là, si dynamique, si débrouillard. Il se sentait en sécurité avec cet homme plus robuste que les arbres qu'il abattait, dont la voix calme le protégeait contre les craquements et la rumeur des sous-bois touffus, et qui le prenait dans ses bras s'il trébuchait sur les tiges des chèvrefeuilles.

Si Melchior ne jetait jamais rien, il pensait devoir cette habitude (cet enkystement caractériel, d'après son frère) au Marmont de l'île Maurice, ou plutôt à ceux qui avaient conservé les lettres postées là-bas par leur aventureux parent.

Après d'ennuyeuses années d'internat à Vichy, au moment de monter faire son droit à Paris et de quitter sa mère, et ravi de fuir Florentin, il avait emporté une petite malle en bois qu'il avait remplie de tout ce qu'il possédait, y compris les deux pièces de monnaie romaines que son père avait trouvées en déchaussant les racines d'un hêtre. La malle avait appartenu à l'oncle Joseph, celui qui était devenu postier à Moulins après un terrible accident survenu alors qu'il abattait un arbre. Joseph avait peint maladroitement son prénom en grosses lettres sur le couvercle à charnières, ce qui manquait d'élégance mais avait peut-être empêché un autre membre de la famille d'utiliser la malle avant Melchior, qui n'aurait alors pas pu découvrir le paquet de lettres qu'on y avait rangées au siècle dernier, lettres d'un aïeul fantasque ayant refait sa vie avec une splendide créole, se plaignant encore et toujours des ouragans qui désolaient l'île et sans doute ses amours. Les enveloppes étaient oblitérées à Port-Louis, chef-lieu de l'île Maurice. Sur certaines, la date d'oblitération, 1847, était très lisible. Dans sa petite collection, Melchior n'avait pas de timbres si anciens. Il n'avait que des timbres français et hongrois assez ordinaires, mais il savait qu'un timbre resté collé sur son enveloppe d'origine aura plus de valeur que s'il a été découpé.

La malle contenait encore d'autres lettres écrites et postées en France, avec des timbres représentant le profil de Cérès, déesse de l'agriculture qu'avaient mieux honorée les sculpteurs romains que les graveurs des postes françaises, ou le profil de Napoléon III, dit Badinguet, lui aussi le troisième d'une famille de trois garçons.

Tout ce courrier, Melchior n'en avait parlé à personne et l'avait emporté à Paris. Il était allé discuter avec un marchand de timbres sous les arcades du Palais-Royal où il avait reçu sa première leçon sérieuse de philatélie – il avait beau aimer les mots anciens, il n'osait pas dire " timbrologie " ni " timbromanie ", même si timbromane lui semblait plus juste que philatéliste.

Le marchand lui avait appris que le timbre de deux pence que Melchior lui avait soigneusement décrit, un timbre collé sans y penser par son aïeul à la poste de Port-Louis, appartenait à la fameuse série des " Post Office " et qu'on n'en connaissait guère plus d'une trentaine dans le monde entier. Le roi d'Angleterre avait lui-même acheté un *two pence* aux enchères pour près de deux mille livres en 1904.

" Actuellement, avait ajouté le négociant parisien, la cote du *two pence* est de soixante-quinze mille francs pour un timbre neuf, et soixante mille pour un timbre oblitéré. "

Soixante mille francs! Melchior exultait. Il possédait un timbre qui valait soixante mille francs!

Il avait quitté le Palais-Royal en courant, avait traversé la Seine et monté quatre à quatre les escaliers de l'immeuble où se trouvait, toujours enfoui au fond de la malle de l'oncle Joseph, son exemplaire du rarissime *two pence* de la série des " Post Office ". Ne devrait-il pas immédiatement déposer sa précieuse enveloppe dans un coffre de la banque la plus proche? Son timbre correspondait en tous points à la reproduction en noir et blanc que le marchand lui avait montrée. Un " Post Office "! On n'en connaissait pas plus de trente exemplaires sur la planète! Grâce à l'étudiant en droit Melchior Marmont, un nouvel exemplaire sortirait du néant! Il jubilait comme un astronome amateur qui viendrait de découvrir par hasard une étoile double dont les plus grands observatoires ignoraient l'existence. Les timbromanes du monde entier n'avaient qu'à bien se tenir. L'oblitération de son *two pence* était légère, le centrage lui semblait parfait. Mais comment le vendre? Il était mineur. On lui demanderait une pièce d'identité. Il devrait donner l'adresse de sa mère. Une belle fortune risquait de lui échapper. Avec cet argent, il comptait partir pour l'Amérique.

En traînant à l'Hôtel Drouot où il s'était rendu compte qu'il n'était qu'un novice en assistant à la vente des timbres de la collection Philippe de Ferrari, qui avait rapporté vingt-huit millions de francs, il avait fait la connaissance d'un grand collectionneur sud-américain avec qui il avait parlé des *two pence,* et qui était prêt à payer gros, sans poser de questions, pour s'en procurer.

A une autre vente aux enchères, le Sud-Américain était venu trouver Melchior et s'était fait plus insistant. Ce qu'il appelait son intuition de collectionneur lui disait que Melchior pourrait lui vendre un, ou qui sait, plusieurs " Post Office ". Melchior s'était fait passer pour l'intermédiaire d'un riche amateur qui souhaitait garder le plus total anonymat. Le Sud-Américain avait-il été dupe? La vente s'était faite dans le bar d'un hôtel. Melchior avait sorti son enveloppe du livre relié qui la protégeait. Le collectionneur avait longuement examiné à la loupe le timbre dont il avait critiqué le centrage et l'oblitération, avant de sortir de la poche intérieure de son manteau de vigogne, sous les yeux de Melchior qui n'en menait pas large, une boîte de cigares bourrée de billets de banque.

Grâce à l'aide inattendue et posthume des membres de sa vraie famille, Melchior s'était retrouvé à la tête d'une véritable fortune, même s'il avait dû vendre son timbre quarante mille francs, bien en dessous de sa valeur. Il allait enfin pouvoir tenir tête à un beau-père qui lui finançait ses études et le voyait déjà clerc de notaire à Montluçon ou avocat à Moulins : " Tu seras le meilleur avocat du département! Je demanderai à mes clients de devenir les tiens. " Les clients de son beau-père! Il en connaissait quelques-uns. Des gens près de leurs sous, assez rusés pour ne jamais aller jusqu'au procès. Non merci.

Il savait qu'il s'était fait pigeonner par le Sud-Américain. C'était le prix à payer pour n'avoir pas eu la patience d'attendre. Il avait conscience que tout cet argent ne lui appartenait pas, mais sa joie l'empêchait d'éprouver des remords. S'il n'avait pas eu l'idée de prendre la vieille malle de l'oncle Joseph, et s'il ne s'était pas intéressé à la philatélie, personne dans la famille n'aurait été au courant de l'existence du " Post Office ". Quand il avait annoncé à ses frères qu'il quittait l'Europe, il leur avait menti, disant qu'il avait gagné en jouant aux courses de quoi se payer un billet de troisième classe, et qu'une fois arrivé en Californie, il comptait sur leur grand-mère pour l'aider à trouver du travail.

Pendant la traversée de l'Atlantique, dans sa luxueuse cabine de première classe, il avait sablé le champagne en l'honneur de l'insurrection de mai 1839, sans laquelle il végéterait encore à la faculté de droit. Si son brave ancêtre n'était pas monté à Paris se mêler aux émeutiers... S'il ne s'était pas exilé sous les tropiques... Paix à ses mânes! Sous la répression de Louis-Philippe... qui descendait de Louis XIV par sa mère... Louis-Philippe Ier... Il s'était fait appeler " premier " pour rompre la chaîne des souvenirs. Et pourtant, pensait Melchior, Louis XIX aurait été le premier roi de France dont le numéro aurait correspondu à celui de son siècle.

Après la Deuxième Guerre mondiale, Mel-

chior s'était mis en tête de produire un film sur
la vie de Louis-Philippe. Il avait trouvé les premiers capitaux en Belgique, lors d'un dîner
avec un banquier bruxellois auquel il avait
appris que le roi Louis-Philippe avait été le
beau-père du premier roi des Belges et qu'il
avait non seulement refusé l'annexion de la
Belgique à la France mais aidé son gendre à
reprendre la ville et le port d'Anvers aux Hol-
landais. Pour plaire à son bailleur de fonds,
Melchior avait fait mine d'adopter le titre que
le banquier lui avait suggéré au dessert : *Le
Napoléon de la Paix*. Ce que Melchior n'avait
pas dit, c'est qu'il ne s'intéressait pas aux dix-
huit ans de règne de Louis-Philippe, ni aux
attentats sept fois renouvelés contre sa vie, mais
à sa jeunesse, à son séjour en Suisse pendant
lequel il avait été professeur de géographie et
de langues modernes, à ses voyages en Laponie,
aux bords du Saint-Laurent, aux États-Unis, à
Malte, en Sicile, en Espagne, et à l'exil d'un
roi déchu de soixante-seize ans raturant ses
Mémoires en Angleterre en se demandant ce
que devenaient ses huit enfants.

Un roi qui avait été professeur de langues
étrangères sous un nom d'emprunt ! Et en

Suisse alémanique! Melchior avait à peine eu besoin d'en dire plus pour intéresser Max Ophuls à son projet. Ils avaient vidé une boîte de caviar aux frais du banquier belge et Ophuls avait voulu savoir s'il y avait dans la vie de Louis-Philippe une femme amoureuse, et de préférence malheureuse. Melchior consultait ses fiches et les lisait à Ophuls qui l'interrompait en riant et en enlevant ses lunettes : " Forrrmidable! "

En Suisse, Louis-Philippe avait vécu quelque temps du produit de la vente de ses chevaux. " Des chevaux! Je vois très bien, disait Ophuls. Forrrmidable! " Il avait placé sa jeune sœur Mme Adélaïde dans un couvent, d'où elle était passée en Hongrie. " En Hongrie? Forrrmidable! " Max Ophuls mordillait les branches de ses lunettes qu'il posait partout sauf sur son nez. On demanderait les costumes à son ami Annenkov.

Melchior avait passé des nuits blanches à faire et refaire des devis dans le bureau qu'il venait de louer sur les Champs-Élysées, seul cube éclairé dans le vaste immeuble assoupi où un labyrinthe de couloirs protégeait mieux des importuns que la ronde du veilleur de nuit qui était aussi projectionniste. Dans sa petite salle de projection de vingt places, Melchior visionnait avec ses assistants, à deux heures du matin, des documentaires prêtés par les services culturels des ambassades scandinaves, dans l'espoir de repérer des paysages en économisant des frais de déplacement. Quand Max passait les voir, il les mettait tous de bonne humeur. Un soir, il avait proposé à Melchior, pour trouver l'argent qui leur manquait, de monter un numéro qu'ils auraient présenté dans les boîtes de nuit du quartier : " Max et Melchior ", en s'inspirant d'un célèbre livre allemand pour enfants, que Melchior ne connaissait pas, *Max und Moritz*.

Melchior n'arrivait plus à joindre au téléphone les coproducteurs éventuels qui se défilaient. Ce qui rendait la vie de Louis-Philippe attrayante la rendait aussi infilmable. Trop de décors, trop de costumes, trop d'acteurs, trop de voyages. Seul Louis-Philippe, à qui on avait restitué les biens immenses de la branche d'Orléans, aurait pu produire un film tiré de sa propre vie. Dans la France de Melchior, quatre ans après la conférence de Yalta, les cartes d'alimentation venaient à peine de disparaître.

La démence du boxeur

Ce n'était pas Melchior Marmont mais Sacha Gordine qui avait produit le nouveau film de Max, *La Ronde*, un film beaucoup plus simple, dont le tournage avait commencé en janvier 1950 aux studios de Saint-Maurice et que Melchior avait vu à la fin du mois d'août au festival de Venise. Les costumes d'Annenkov étaient très réussis et le film avait obtenu le prix du meilleur scénario.

Pour la première fois de sa vie, Melchior avait envoyé des fleurs à un homme. Il avait fait livrer à Max des roses jaunes, " une ronde de roses ", avait-il écrit sur sa carte de visite, " de la couleur du Lion d'or que vous méritiez ".

4

Et maintenant, il se retrouvait là, tout seul dans la maison de son enfance, et Max, qui avait deux ans de moins que lui, était mort depuis un quart de siècle, Max à qui il avait souvent parlé de cette maison quand ils se demandaient ensemble comment réduire le devis sans abîmer le film, quand Max éclatait de rire en découvrant qu'il venait de supprimer dix costumes ou deux chaises de poste et leurs chevaux mais qu'il avait rajouté une brève séquence dans les tribunes, qu'il faudrait construire, de l'Assemblée constituante! Quand Melchior pensait à ses amis, c'était de leur rire qu'il se souvenait le mieux.

La maison était connue dans la région sous le nom de Château Saint-Léonard depuis qu'on y avait transféré au XIXe siècle, dans la chapelle privée, des reliques de saint Léonard, un Italien qui avait beaucoup fait pour que le Chemin de croix devienne une dévotion courante.

Leur père n'avait guère parlé de la religion chrétienne à ses trois fils. Il leur disait qu'il n'était entré dans une église qu'à l'occasion de son mariage et de leurs baptêmes, et chaque fois pour faire plaisir aux autres. D'après lui, Dieu se tenait plus volontiers dans les vieilles futaies, les ravins et les brandes que dans de sombres églises en pierre. La hauteur de fût des grands chênes qui s'élançaient d'un seul jet vers le ciel, presque sans branches, rendait Dieu plus heureux qu'une prière. Quand il emmenait ses fils dans la forêt plusieurs fois millénaire, leur signalant les sources, les aidant à franchir les ruisseaux, leur faisant contourner les plaques argileuses dans lesquelles on pouvait s'enliser, il leur montrait les grands chênes de six mètres de tour, de quarante mètres de haut, qui avaient défié trois siècles, et qu'on nommait le Géant, Apollon, et quand ils étaient deux côte à côte, les Jumeaux, les Époux, des noms qui avaient davantage ému leur père, pensait à présent Melchior, qu'aucun nom de saint.

Florentin Servant, l'employeur de leur père et

l'amant de leur mère, était catholique prati-
quant. En achetant la maison en 1900 —
savait-il déjà qu'il pourrait y faire tout à son aise
la cour à une jeune mère d'une grande beauté,
ne se déplaçant jamais sans ses trois petits garçons? — il avait hérité des reliques de saint Léonard, et il racontait aux enfants la vie de Léonard de Porto Maurizio comme si c'était lui qui
l'avait canonisé.

Florentin tenait à ce que les garçons assistent
à la messe du dimanche. Leur mère leur disait :
" Mais ça ne dure pas longtemps, une messe, et
après je vous donnerai des biscuits. Regardez
comme vous allez être gentils avec vos petits
chapeaux. Il faudra les enlever au moment où
vous entrerez à l'église. Ne soyons pas en
retard! " Florentin les attendait dans le vestibule
et on partait à la file indienne le long du chemin
creux qui conduisait au village. Parfois, Florentin attelait son cheval au timon d'une carriole où
les enfants grimpaient avec des cris de joie. Leur
mère s'installait devant, à côté de Florentin qui
conduisait. Elle portait de larges chapeaux de
paille qui ressemblaient à des corbeilles de fruits
ou à des guirlandes de fleurs, et quand elle en
tenait les bords à deux mains sur les routes caho-

teuses, Melchior souhaitait de toutes ses forces qu'elle enlève à son chapeau, pour les lui offrir, quelques fleurs aux couleurs vives, des fruits aussi doux et parfumés qu'elle, mais le chapeau restait intact et Melchior n'en continuait pas moins de dévorer des yeux sa mère belle comme une fleur, sa mère aux joues duvetées comme une pêche, la bouquetière et la fruitière de sa vie.

A l'église, les garçons retrouvaient les enfants du village et, par signes ou dans un langage secret lentement mis au point au fil des étés, ils arrangeaient des rendez-vous au fond de leur jardin ou à l'abri des haies. Après la messe, ils traversaient la place avec leur mère qui leur achetait des nonnettes à l'épicerie. Quand il était de bonne humeur, Florentin annonçait qu'on allait faire une grande promenade. Il prenait Melchior sur ses épaules : " Allez, hop! Tout le monde dans la patache! " Le cheval, qui s'appelait Balthazar, un cheval gris pommelé, confiant et toujours prêt à gambader, secouait son toupet et tournait sa longue tête de brochet vers le petit monde qui s'approchait de lui. Il savait que les garçons allaient le conduire à l'abreuvoir. A la maison, Melchior lui rendait souvent visite dans son box, depuis qu'il avait entendu Florentin dire que Balthazar rongeait le bois de sa mangeoire parce qu'il s'ennuyait. Florentin comptait acheter un mouton pour distraire son cheval, mais Melchior estimait qu'il était un compagnon plus divertissant qu'un mouton, et se glissait sous la mangeoire, tirant sur le licol pour signaler sa présence au cheval qui dressait ses oreilles, prenant manifestement plaisir à écouter les résumés que lui faisait Melchior des aventures de Rob Roy, appréciant en connaisseur le récit du tournoi à cheval où Ivanhoé vainc ses ennemis, et autres hauts faits dont Melchior avait pris connaissance la veille, quand Florentin réunissait les garçons après le repas du soir pour leur lire à haute voix les romans de Walter Scott. Pendant ces lectures, Melchior assimilait toujours les chevaliers félons, les traîtres et les rebelles à Florentin lui-même, tandis qu'il se prenait pour le défenseur des nobles et belles jeunes femmes enfermées dans les citadelles assiégées, le protecteur de Lady Augusta, de Lady Rowena, des comtesses Anne de Geierstein et Isabelle de Croye, qui avaient toutes le sourire, les longs cheveux et les yeux verts de sa mère à qui il pardonnait difficilement de préférer dormir avec le traître Florentin qu'avec son preux et vaillant archer, le comte Melchior of Marmont.

Plus tard, à son retour d'Hollywood, Melchior avait renoncé à s'installer dans un splendide appartement de cinq pièces situé rue Saint-Florentin à Paris pour ne pas devoir penser à son beau-père chaque fois qu'il donnerait son adresse. Florentin était sans doute l'homme auquel il aurait pensé le plus souvent dans sa vie. Et la maison que Melchior venait enfin d'acheter, n'était-ce pas à Florentin qu'il la rachetait, comme après un interrègne de plus d'un demi-siècle pendant lequel la maison aurait été confiée en dépôt à la municipalité à qui Florentin, n'en ayant plus besoin pour abriter ses amours illégitimes, l'avait revendue dès qu'il s'était marié avec la belle Kálmán Eva, une veuve de quarante-quatre ans avec laquelle il couchait depuis... Depuis quand? Melchior n'en savait rien. Il n'était sûr que d'une chose : l'année de sa naissance était aussi l'année où Florentin avait acheté la maison. Leur mère connaissait-elle déjà Florentin à ce moment-là? Il en avait parlé à ses frères, qui pensaient que c'était peu probable. Mais il arrivait à Melchior, quand il se regardait dans la glace, surtout le soir quand il était très fatigué, de voir fugitivement se superposer à son visage le souvenir qu'il avait gardé de celui de Florentin. Ce n'était qu'une impression, trois fois rien, une vague image qui s'estompait aussitôt, une photo floue, la contraction de quelques muscles, un froncement de sourcil, un rictus, une façon de se pencher en avant comme quand Florentin lui donnait un baiser.

Florentin ne prêtait pas ses livres aux fils Marmont, il les leur donnait. Les livres, disait-il, appartiennent à ceux qui leur donnent vie en les lisant. Lui, il les avait déjà lus et assurait qu'il n'aurait plus le temps de les relire. A Melchior, il avait offert des recueils de poèmes. Melchior les avait tous gardés. Certains étaient à présent des livres rares, recherchés. Florentin, qui avait hérité de cette scierie qu'il administrait lui-même, était un fin lettré. C'était lui qui avait fait aimer le latin à Melchior, en lui montrant que c'était une langue visuelle et que les phrases n'étaient pas écrites, mais sculptées. Ils avaient traduit ensemble des stances, des odes : " Jamais autant de choses, lui avait déclaré Florentin, n'ont été dites avec si peu de mots que par les auteurs latins. "

Le dimanche, quand sa mère organisait des pique-niques dans le parc entourant la maison, elle demandait à Melchior de réciter un poème. Elle le choisissait avec lui, et l'aidait à l'apprendre. Melchior ne supportait pas que Florentin fasse rire sa mère aux éclats. Elle avait toujours l'air plus heureuse en été que pendant l'hiver, quand son mari partait travailler dans la forêt, la laissant seule avec ses enfants dans une maison qu'on aurait facilement pu faire entrer tout entière dans le salon du Château Saint-Léonard. Melchior trouvait qu'il se déshonorait quand, par mégarde, il lui arrivait de se montrer gentil avec Florentin.

Les jours de semaine, après la sieste, les trois frères se retrouvaient, abandonnés à eux-mêmes, dans le jardin. Ils étaient assez grands, maintenant, pour jouer tout seuls, leur avait dit leur mère qui restait au salon ou dans sa chambre, seule avec Florentin. Les garçons s'arrêtaient un instant de jouer quand ils les entendaient rire trop fort. C'était trois ou quatre ans avant que leur père ne soit transpercé par la baïonnette ou le casque à pointe d'un fantassin boche, alors qu'il criait : " En avant! Pour la France! En avant pour nos mamans! " Au moins, dans le fond du jardin, ne risquaient-ils pas de voir leur mère dans les bras de Florentin.

Ils se retrouvaient derrière la fontaine en rocaille et interprétaient à tour de rôle la vie édifiante de saint Léonard de Porto Maurizio, une vie dont ils n'avaient retenu que les temps forts. Première partie : le saint est malade des poumons et crache du sang. Deuxième partie : guéri par la Sainte Vierge, Léonard passe le reste de sa vie à faire des sermons.

Ils se disputaient toujours pour avoir le rôle du saint qui devait se remplir la bouche de confiture de fraises ou de groseilles rouges, se rouler par terre et ne pas salir ses habits pendant les crachements de sang. L'interprète de saint Léonard devait tousser jusqu'à se rendre aphone, ce qui compliquait la deuxième partie, les sermons. Pour enflammer les fidèles, le vrai saint Léonard avait prêché en embrassant un grand crucifix qu'il plantait à côté de lui. On déplaçait alors la scène plus bas dans le jardin et un tronc de châtaignier faisait l'affaire. Le saint commençait à prêcher et son auditoire de pécheurs endurcis devait éclater en sanglots. Quand le saint, n'y tenant plus, pleurant à chaudes larmes lui aussi, embrassait le tronc d'arbre en implorant Dieu le Père, les pleurs redoublaient d'intensité. Les garçons se punissaient de blasphèmes imaginaires en se donnant mutuellement des coups de baguette sur les jambes. Leur mère finissait par les entendre et par s'affoler. Elle arrivait en courant : " Que se passe-t-il, les enfants ? — C'est Melchior qui nous convertit. "

Quand le spectacle avait été particulièrement réussi, quand la confiture de myrtilles ou de fraises avait pu être crachée par saccades violentes, avec de véritables soubresauts d'agonie, au lieu de dégouliner sur le menton et dans le cou, quand les crises de larmes leur avaient bien donné la chair de poule, les trois frères subtilisaient en douce la clef de la chapelle cachée dans la table de nuit de Florentin, et ils allaient se recueillir devant les reliques qui reposaient sur un coussin de velours grenat. Ils n'avaient jamais pu décoller de son socle la cloche de verre qui rendait inaccessibles deux molaires et quelques phalanges et vertèbres à la vénération desquelles Melchior attribua plus tard la vocation médicale d'Adrien, son frère aîné, lequel pensait déjà, sans avoir suivi de cours d'anatomie, que les dents et les ossements de leur saint Léonard avaient dû appartenir à un singe.

5

Melchior n'avait pas voulu visiter le Château Saint-Léonard avant de l'acheter. Pour quelle raison l'aurait-il fait? Pour découvrir les défauts, les vices d'une maison qu'il aurait ensuite essayé de marchander alors qu'à ses yeux elle n'avait pas de prix? Il était capable d'être dur en affaires, mais dès qu'une raison affective entrait en jeu, qu'il s'agisse du cachet d'un acteur qu'il admirait ou de l'achat d'un tambour indonésien, il payait toujours le prix demandé, ne voulant pas que le plaisir de travailler avec cet acteur ou celui d'observer la patine luisante du tambour, soit amoindri, dès le départ, par des tractations qu'il qualifiait de visqueuses en mémoire d'une autre tractation, cette canaillerie revenue cent fois le tourmenter depuis, quand il avait accepté des mains du

Sud-Américain, dans le bar sombre d'un hôtel, il y avait bien longtemps de cela, l'argent qui avait fait de lui un voleur.

Ce n'était pas une maison qu'il achetait, détériorée, saccagée, mais une localisation possible de ses souvenirs à l'étroit dans sa mémoire, et qui avaient besoin, pour être féconds, de remonter vers une source comme des poissons migrateurs. En achetant de l'espace, Melchior souhaitait récupérer une partie de l'enjeu que le temps lui avait raflé.

Il avait été prévenu de la soudaine mise en vente par un coup de téléphone du notaire de Vichy qu'il harcelait depuis des années et chez qui le dossier " Marmont/Melchior Films/ Château Saint-Léonard " devait être épais comme une bible. Finalement, Melchior n'avait pas fait acheter la maison par sa société. Il voulait en être le seul propriétaire, au titre le plus privé qui soit. Il ne se sentait plus le goût d'organiser des tournages dans ce lieu où l'émotion l'empêcherait d'avoir un comportement professionnel. Et quels tournages? Il n'avait pas envie que des équipes de télévision viennent bâcler leurs dix minutes utiles par jour dans le jardin où il avait interprété le rôle de

saint Léonard. La vente arrivait trop tard dans
sa vie pour qu'il puisse voir dans cette maison
autre chose qu'un chapitre de son auto-
biographie camouflé en un assemblage de
poutres et de pierres. Jadis, il avait rêvé d'y
créer une sorte de centre où il aurait invité de
jeunes metteurs en scène à venir préparer dans
le calme leur premier ou leur deuxième long
métrage. Il aurait installé des salles de montage
dans les chambres du haut. N'aurait-ce pas été
agréable de revenir monter et finir un film là
où on avait commencé à l'imaginer? La chapelle aurait été transformée en salle de projection, en auditorium.

Il avait cru à ce projet. Il avait l'argent
nécessaire. Il était même prêt à acheter deux
autres maisons dans le village, mais on avait
refusé de lui vendre le Château Saint-Léonard.
La vie se montrait plus têtue qu'une mule.

Aucun film ne serait jamais tourné, ni
monté, ni mixé, ni projeté dans les pièces où
Melchior hébergerait désormais, au lieu des
cinéastes de l'avenir, les fantômes de son passé,
tous ces objets qu'il avait accumulés, non pour
se sentir moins seul — un vieux Romain l'avait
dit avant lui : " On n'est jamais moins seul que

quand on est seul ", jamais plus entouré que quand on ferme les yeux et que tous ceux qu'on a connus surgissent du néant où on les avait remisés — mais pour se sentir protégé, épaulé, aimé. Melchior accueillerait moins des fantômes que des fantoches, des fantoccini, des marionnettes, des personnages de théâtre sans autre réalité que celle qu'il leur attribuerait. La langue française avait assimilé le mot italien " fantoccini " sans le modifier, et les Français l'avaient prononcé à l'italienne : fantotchini. C'était un mot que Melchior connaissait grâce à Florentin et qui désignait des marionnettes. Ces fantoccini devinrent au fil du temps des fantoches, désignant toujours des marionnettes, mais aussi des interprètes de rôles fantastiques, irréels. L'usage avait ensuite fait de " fantoche " un mot triste et polémique. On avait oublié les fantoccini, qui ne vivaient plus que dans quelques livres introuvables et dans la mémoire de Melchior qui ouvrirait toutes les pièces de sa maison aux fantoccini qui avaient rendu sa vie moins oppressante.

Les fantoccini de Melchior avaient parfois été des êtres humains, parfois des objets, mais il trouvait choquant de les appeler des objets et aurait dit " des présences " s'il en avait parlé à quelqu'un. De toute façon, il ne confierait jamais à personne qu'il était le directeur d'une troupe de fantoccini. Il ne voulait pas qu'on le sache. Tous ses livres et ses tambours, ses gongs, ses cloches, ses bobines de films et son masque de théâtre japonais, son chandelier acheté à San Diego et les jouets en bois que son père avait sculptés pour lui, auraient leur place dans la maison, ainsi que ses statuettes, ses cuillers en bois, ses poteries.

Chacun de ces objets était apparu à un moment précis dans la vie de Melchior, et ils étaient devenus les dépositaires de la valeur de ces moments. Melchior solidifiait le temps en l'introduisant dans des objets plus efficaces que ce chef d'état-major du temps qu'est l'oubli.

Il avait apporté avec lui, aujourd'hui, les premiers de ces objets qui seraient, à ses yeux, les véritables occupants de la maison. Un sanglier sculpté par son père était le doyen des fantoccini. Dans l'entrée, il accueillerait les visiteurs s'il y avait des visiteurs. Melchior lui ferait faire un socle. Ce sanglier avait trente centimètres de long, et des défenses taillées dans de vraies défenses de sanglier. C'était un

vieux solitaire, que son père avait mis des mois
à traquer dans le chêne avec des herminettes et
des gouges tranchantes comme des rasoirs. Son
père le lui avait offert pour qu'il se souvienne
toujours du premier sanglier qu'ils avaient surpris ensemble dans une futaie.

Les autres fantoccini se trouvaient encore
dans la maison que Melchior possédait près
d'Antibes, une grande villa achetée sur un
coup de tête dans les années trente, et qu'il
allait revendre pour pouvoir restaurer le Château Saint-Léonard. La villa d'Antibes avait
plu aux femmes qu'il avait aimées. Le hasard
ou le sort avait voulu qu'aucune d'entre elles
n'ait connu le Château Saint-Léonard, comme
si cette maison, douée de volonté comme dans
un conte de fées, était habitée par un ogre ou
un dragon qui n'attendait que Melchior, et personne d'autre. Peut-être continuerait-il de vivre
à Paris, mais il serait rassuré de pouvoir penser
à tout instant que le Château Saint-Léonard lui
appartenait, comme s'il avait enfin trouvé la
dernière pièce qui manquait au puzzle de sa
vie. Cette comparaison qu'il avait formulée
sans y prendre garde l'effraya. La dernière
pièce? Le puzzle était-il donc terminé? Que lui

resterait-il à faire? Secouer le puzzle et le recommencer?

Entre le premier coup de téléphone du notaire et le moment où il avait signé l'acte de vente, tout s'était déroulé très vite, mais il n'avait pas oublié qu'il était resté à l'affût pendant un demi-siècle, la maison devenant lentement un contrepoids à la vie qu'il menait depuis qu'il avait dû s'en éloigner.

Il aurait pu se dire que la maison était un cadeau d'anniversaire qu'il se faisait à lui-même en compensation de tous ceux que les défunts ne pouvaient plus lui faire.

Il aurait aussi pu offrir cette maison à Irène. Elle n'aurait jamais accepté une maison en cadeau. D'ailleurs, elle aimait la villa d'Antibes. Elle était morte pendant qu'ils y séjournaient. Si Melchior avait pu acheter le Château Saint-Léonard plus tôt, ils n'auraient peut-être pas passé ces vacances-là à Antibes... Et Irène serait encore...

Il n'irait pas jusqu'à débaptiser le Château Saint-Léonard pour l'appeler " Villa Irène ". Elle aurait trouvé cela du plus mauvais goût, et il aurait été d'accord avec elle. Il était toujours d'accord avec elle. Depuis qu'elle était morte, il n'était plus jamais d'accord avec personne.

6

La première chose qu'il avait faite en arrivant au Château, un mot qui l'impressionnait quand il était petit mais qui lui paraissait bien exagéré aujourd'hui, avait été d'ouvrir la porte de la chapelle pour voir si les reliques s'y trouvaient toujours. Où étaient passés les vitraux, colorés dans la masse en émail et en jaune d'argent? Les peintures murales avaient disparu sous des couches de ripolin vert billard. Il avait été bien candide de s'attendre à autre chose. Il ouvrit la porte d'un placard dans le vague espoir de voir briller la cloche de verre protégeant les vertèbres de saint Léonard. Sur la seule planche qui restait, on avait laissé une cafetière rouillée.

Dans le jardin, la fontaine en rocaille était toujours là, plus en pierres qu'en coquillages. Il la ferait restaurer. Il se souvint de la Sainte Vierge guérissant le pauvre Léonard en proie à ses crachements de confiture de groseilles rouges, rôle tenu par Yvette, la fille d'un fermier voisin. La scène de la guérison avait mal tourné quand Adrien avait exigé que la Sainte Vierge fasse l'imposition des mains sur ce qu'il n'appelait pas encore le périnée postérieur du saint. Yvette avait bien voulu, à condition que les autres ne regardent pas. Mais c'était au tour de Melchior de jouer saint Léonard! Adrien s'était fâché. Melchior lui avait cédé sa place. Ensuite, Yvette leur avait dit qu'elle allait leur montrer quelque chose de plus intéressant, et elle avait introduit sa langue dans la bouche de Melchior.

Melchior, ses lèvres à peine séparées de celles d'Yvette, avait juste eu le temps de dire : " Attention, Florentin Tamarre arrive! " avant que toute la bande ne s'égaille dans le fond du jardin. Il avait couvert la fuite des autres, sans avoir le loisir d'analyser la sensation nouvelle que venait de lui faire éprouver le baiser d'Yvette auquel avait aussitôt succédé la gifle donnée par Florentin.

Au premier étage, Melchior ne retrouva

aucune trace de sa chambre ni de celles de ses
frères. Toutes les portes intérieures en chêne
massif avaient été enlevées, des murs abattus et
remplacés par des cloisons. Adrien, en tant que
fils aîné, avait eu droit à la plus jolie chambre
de cette partie de la maison. Melchior se souvenait qu'elle était toute lambrissée. On en avait
fait une salle de douche aux murs recouverts
d'un carrelage affreux. Dans sa chambre à lui,
il se souvenait d'une cheminée d'angle sur
laquelle il comptait faire trôner son chandelier
de San Diego. Plus de cheminée! Même plus
de chambre du tout! A la place, on avait fait
installer des sanitaires. Deux lavabos enca-
draient la fenêtre. Un water-closet à la place de
son lit! Voilà ce qu'on avait fait de la chambre
où Melchior avait attendu que sa mère vienne
lui dire bonsoir et souffler sa bougie! Le reste
de l'étage n'était plus qu'un vaste dortoir rec-
tangulaire, terne et triste, une sorte de boîte à
chaussures agrandie, un espace sans charme
dont on avait détruit les cannelures et la poésie,
les glyphes, les strigiles et le mystère.

Melchior était hors de lui. Il s'était mis à
ouvrir toutes les fenêtres comme s'il pratiquait
une sorte de respiration artificielle pour réani-

mer sa maison. Les volets lui avaient résisté, produisant des sons désagréables. Ce n'étaient plus les vieux contrevents de bois qui claquaient, en été, avant les orages, et qu'on lui interdisait de fixer au mur parce qu'il risquait de tomber en se penchant — ce qu'il faisait quand même.

La maison était défigurée par des volets métalliques qui se dépliaient rationnellement au risque d'écraser ongles et phalanges. Des vitres étaient cassées, d'autres étaient remplacées par des cartons amollis. Sur le rebord de la fenêtre de son ancienne chambre dont les volets ne fermaient plus, il découvrit un nid d'oiseaux couvert de toiles d'araignées et grouillant de fourmis. Qu'était-il venu chercher dans cette maison délabrée?

Était-ce bien le moment de se poser ce genre de question? Melchior se sentait fatigué. Il avait peut-être eu tort, finalement, de vouloir venir tout seul. Dans le taxi, il tremblait à l'idée d'apercevoir bientôt les arbres et la tour. Il serrait le trousseau de clefs dans sa main. A quoi rimait l'achat de cette maison? Une dernière et pathétique tentative pour se rajeunir? Sa clinique du Dr Niehans? Le vieux professeur suisse qui injectait des cellules fraîches aux vieillards devait être mort depuis longtemps. Melchior n'était plus très sûr d'avoir acheté les droits d'un livre sur la vie de Niehans, " Niehans ou la vieillesse vaincue ", un titre dans ce genre, à l'époque où Niehans était célèbre et soignait le chancelier Adenauer, mort à plus de quatre-vingt-dix ans.

Il faisait un froid de loup. " Je vais chiper un rhume, se dit-il. J'aurais préféré acheter la maison en été. " Où était passé le salon néo-gothique? Il restait juste la cheminée, et encore, les stucs et les moulures n'avaient pas survécu. Sous prétexte qu'on avait parqué ici des mioches en vacances, quelques vandales avaient fait disparaître tout ce qu'il y avait de beau. Melchior se souvenait d'une hotte stuquée avec des angelots, des fleurs et des étoiles dorées qui partaient de la cheminée sur tout le plafond. Et la petite grille au fond du jardin? On l'avait remplacée par un panneau plein, en bois de chauffage! Cette grille, Melchior l'avait escaladée des centaines de fois sans se blesser. On n'allait pas lui faire croire qu'elle était devenue dangereuse pour les enfants d'aujourd'hui. La maison aurait-elle été trop poétique pour ces gosses qu'on préférait habituer à la laideur de leurs futurs lieux de travail?

Quelques imprécations bien senties, un peu de sa chère *exsecratio* latine, lui auraient fait le plus grand bien.

Il n'était là que depuis trois quarts d'heure, dans cette immense bâtisse où il était arrivé comme à un rendez-vous d'amoureux, intimidé par ce qui allait se passer entre lui et les pièces où il n'était plus entré depuis une époque qui n'était guère mentionnée, maintenant, que dans des manuels d'histoire ou sur des statues de poilus que personne ne prenait plus la peine de faire repeindre en bleu horizon, et, en trois quarts d'heure à peine, lui qui s'efforçait d'être toujours d'humeur égale et qu'on n'avait jamais vu perdre son flegme sur un tournage, il avait eu le temps de redevenir aussi colérique et violent que lorsque ses frères lui abîmaient ses jouets.

Il était ému. Il était furieux. Il s'éloigna de la fenêtre du couloir d'où il venait de découvrir une affreuse palissade en planches qui, espéra-t-il, ne remplaçait pas mais ne faisait que masquer la balustrade en pierre qui lui avait permis jadis de se livrer à tant d'abordages et d'attaques de châteaux forts. S'il avait acheté la maison, c'était aussi pour retrouver la vieille balustrade dont la pierre était mordorée par les lichens, et qu'il avait maintes fois franchie victorieusement, devenu l'outlaw Rob Roy échappant aux troupes royales ou Quentin Durward volant au secours de la comtesse Isabelle. Sa connaissance des personnages de Walter Scott lui avait servi à Hollywood quand on lui avait demandé son avis, en tant que Frenchman, sur une adaptation de *Quentin Durward*, une histoire qui se passe en France.

A présent, Melchior aurait donné cher pour qu'un tournoi l'oppose aux vandales de la colonie de vacances. Aspirant l'air avec force par le ventail de son heaume, d'un coup de lance il aurait fait mordre la poussière aux félons, tel Ivanhoé se précipitant sur Bois-Guilbert et Front-de-Bœuf. La dame dont il défendrait l'honneur ne serait pas, comme dans le roman de Walter Scott, l'ardente Rebecca, mais, comme dans sa vie à lui, la maison de son enfance. " Bah ", soupira-t-il, " je n'ai plus l'âge de jouer à Errol Flynn ", avant de se rappeler que c'était Robert Taylor qui avait interprété Ivanhoé.

De retour devant la fenêtre ouverte de ce qui avait été sa chambre, fenêtre dont avait disparu le balconnet en fer forgé, Melchior reconnaissait sans peine le paysage qu'il avait jadis l'habitude de scruter dès son réveil, à présent déparé par des pylônes et des fils électriques. La Montagne bourbonnaise s'étendait à perte de vue devant lui. Il avait vu des paysages plus célèbres. En avait-il vu de plus beaux? Un beau paysage est-il celui qu'on veut décrire aux autres, ou celui qu'on est seul à aimer pour des raisons qui concernent moins l'œil que le cerveau, moins l'instant que la durée, moins la géographie générale que l'histoire privée? Les paysages que chacun porte en soi, avec leur lumière et leur étendue, sont aussi uniques que ses empreintes digitales.

En cet après-midi de février, la lumière était si nette qu'elle agissait sur les collines, les rideaux d'arbres et les rocs comme un mordant sur une planche de cuivre. C'était ce que Melchior appelait une lumière didactique. Elle montrait tout. Il n'y avait rien à deviner. Melchior préférait une lumière plus théâtrale, qui établissait des deuxième et troisième plans, des découvertes, des épaisseurs. Il n'était jamais venu en hiver dans la maison. La netteté de ses souvenirs était battue par celle du paysage! Quelques nuages verticaux semblaient être dessinés au pochoir. Ils s'amassaient au sud-ouest, comme une armée qui attend des ordres. Le ciel était bas, et du même gris pommelé que, dans sa mémoire, la robe du cheval Balthazar. Le chauffeur de taxi avait dit à Melchior qu'il neigerait sans doute cette nuit.

Dans le parc, il y avait moins d'arbres fruitiers qu'avant. Melchior les avait vus disparaître, le cœur serré, chaque fois que, traversant la région, il en avait profité pour faire un détour et regarder, à travers les grilles, la façade de son Château Saint-Léonard et les deux vastes jardins qui formaient un parc, mais il avait toujours dit *jardin*. Il ferait replanter des arbres. Il irait voir un pépiniériste. Il engagerait un jardinier. Il redonnerait vie à cette maison.

Dans le jardin, l'écorce lisse et grisâtre du grand hêtre sous lequel il avait lu ses premiers livres sans images était la seule ligne verticale à laquelle son regard pût se raccrocher. Il se souvint de la hiérarchie qui existe entre les hêtres et les chênes. Son père la lui avait expliquée. Il lui avait dit " je te souhaite d'être chêne plutôt que hêtre ". Il fallait protéger les chênes jusqu'à quatre-vingts ans, ensuite ils n'avaient plus rien à craindre des hêtres qui se développent plus rapidement qu'eux. Melchior entendait encore la voix de son père : " Deux générations de hêtres pour une génération de chênes. " Il ne savait plus à quoi se rattachaient ces mots, se souvenant d'eux, entendant la voix claire et souple de son père.

A gauche du hêtre, on avait abandonné une piscine en plastique à l'endroit même où Melchior aurait aimé revoir les draps que sa mère avait teints en rose et qu'elle étendait sur l'herbe à l'ombre des arbres fruitiers, les jours de pique-nique. Elle répandait sur les draps des pétales de roses qui semblaient scintiller sur le tissu, de magnifiques roses de jardin dont Melchior désespérait de retrouver jamais la gracieuse odeur. On s'asseyait sur des coussins bariolés. Les garçons aidaient leur mère à transporter les plats et les assiettes. Florentin débouchait une bouteille de vin du Rhône, un vin plein de soleil. Eva réussissait à la perfection d'excellents petits pâtés en croûte. Elle préparait aussi du boudin de volaille, des fruits confits, et des semoules à la confiture d'abricot dont Melchior raffolait. On allait cueillir de grosses cerises, on s'en faisait des boucles d'oreilles. Florentin proposait aux garçons une partie de dames. Les insectes qui se posaient sur le damier les empêchaient de se concentrer. Alors on allait chercher les boules et les maillets, on enfonçait les arceaux dans l'herbe et on faisait une partie de croquet. Maman gagnait souvent. La paix du soir arrivait. Il fallait déjà songer au dîner. Ces jours-là on était dispensé de la sieste obligatoire. Melchior et Georges se faufilaient dans la cuisine à la recherche des boîtes de berlingots parfumés à la menthe que des amis de leur mère envoyaient de Marseille.

Melchior aurait voulu que Georges soit là. Ils auraient exploré la maison et mesuré ensemble l'étendue des dégâts, pesté contre les vandales qui avaient renversé de l'encre sur les lames du parquet-vannerie d'un salon où eux-mêmes avaient à peine eu le droit d'entrer. Ils auraient dit du mal de leur époque et ils se seraient ravisés : " Pensons du bien de quelque chose ! De quoi pourrions-nous penser du bien ? " Ils auraient erré dans les pièces vides comme des acteurs arrivés dans le décor avant les techniciens.

Ils ne s'étaient vus que deux ou trois fois ces quatre dernières années, à l'enterrement de leur belle-sœur (quand Irène était morte, Georges était trop malade pour se déplacer), et en novembre dernier, quand Georges avait demandé à Melchior de venir le voir, craignant de mourir bientôt. Melchior avait passé une semaine à lui remonter le moral. Mais pourquoi ce vieux misanthrope s'obstinait-il à vivre à Montréal? Georges prétendait que le Québec était l'endroit le plus sûr du monde pour les gens âgés. Une gériatrie d'avant-garde! Des services de soins palliatifs incomparables! Il téléphonait à Melchior : " Je ne peux pas te parler trop longtemps, je t'appelle d'un bureau du Centre hospitalier Maisonneuve-Rosemont, note ce nom à tout hasard, on ne sait jamais, ce n'est qu'à six heures d'avion de Paris. " Une autre fois : " Je suis à l'Hôtel-Dieu de Montréal. C'est un endroit remarquable, Melchior, remarquable. Un service de pneumologie! " Georges fumait-il toujours ses absurdes cigarillos canadiens trempés dans le vin et aromatisés au rhum, avec leur embout en plastique jaune qui ressemblait diantrement à la molaire de saint Léonard?

Georges devenait un peu maniaque, à en juger par ses récents appels. A Noël dernier : " Mel? Figure-toi que j'ai attendu d'avoir quatre-vingt-trois ans pour apprendre qu'il faut fermer complètement les fermetures éclair avant de laver les vêtements qui en ont. Tu le savais, toi? " Et il avait raccroché! Était-ce un début insidieux de gâtisme?

Georges avait gardé sa belle voix de ténor, une voix brillante à l'aigu facile, qui lui avait permis d'obtenir de petits rôles de maître d'hôtel, de matelot, de spahi, d'esclave, de fort des Halles, de groom, de moine et de bohémien dans une série d'opérettes avant que sa famille au grand complet ne vienne l'applaudir à tout rompre le soir où il avait chanté son premier grand rôle, Gontran dans *Les Mousquetaires au couvent*. C'était entre les deux guerres. Chaque fois que Melchior l'avait revu, son ténor de frère vivait avec une autre soprano. Son plus grand succès avait été le rôle du tzigane amoureux dans une reprise d'*Amour tzigane*, et il avait chanté dans presque toutes les opérettes de Franz Lehár — un Hongrois! — qu'il avait rencontré quand Lehár était venu à Paris et avait été décoré de la Légion d'honneur.

93

Au téléphone, Georges avait la chance de pouvoir renier son âge en faisant parade d'une voix qui avait conservé le même timbre malgré les années, et qui, contrairement au reste de son organisme, était restée si éclatante! S'il se claquemurait de l'autre côté de l'Atlantique, n'était-ce pas pour jouer les jeunes premiers au téléphone, se prenant pour Phi-Phi ou le prince Sou-Chong, comme si son frère ne savait pas qu'il était né à la fin du siècle précédent? Il dépensait en notes de téléphone plus de dollars qu'il n'en fallait pour prendre l'avion et se présenter en chair et en os devant son vieux Melchior.

Au prochain appel, Melchior se lancerait-il dans une grande explication psychologique? " Georges, pourquoi te caches-tu au Québec? Reviens! Arrête de croire que ta voix masque ta décrépitude. " Il y a des moments où il faut savoir dire la vérité à ses amis. Quelle vérité? Celle de l'égoïsme de Melchior, une vérité éternelle, celle-là! Melchior voulait revoir son frère plutôt que l'entendre... Après tout, si Georges avait envie de se croire revenu sur la scène du théâtre Mogador dès qu'il ouvrait la bouche au téléphone, il n'y avait aucune raison de lui enlever ce plaisir. Tout à l'heure, dès qu'il serait rentré dans sa chambre d'hôtel à Vichy, il l'appellerait et lui dirait qu'il venait d'acquérir le château de Florentin. Par superstition, il n'avait pas voulu le lui dire avant.

Redescendu dans le salon d'été qui n'ouvrait plus, comme dans sa mémoire, sur le jardin en terrasse, mais sur une baraque en briques et tôles ondulées qu'il ferait démolir au plus vite, Melchior s'était mis à rire doucement, tout seul, imaginant son frère penché sur des fermetures éclair récalcitrantes dont il essayait de venir à bout en fredonnant *Digue digue digue, digue digue don, Sonne sonne donc, joyeux carillon !*

Sachant que les hivers sont rudes dans le Bourbonnais, Melchior avait mis ce jour-là une parka bleue pleine de fermetures éclair, que Georges lui avait fait acheter à Montréal dans un magasin de sport où les vêtements étaient rangés par ordre croissant de résistance aux températures en dessous de zéro. Georges avait conseillé à Melchior une " −30° ". Melchior était sorti du magasin en gardant sur lui la parka qui le rajeunissait. Ils avaient pris un taxi dont le chauffeur était ventriloque et connaissait deux ou trois airs d'opérette. Georges lui avait donné la réplique pendant que la longue Oldsmobile noire patinait sur le boulevard Saint-Laurent verglacé. La prochaine fois que Melchior donnerait à nettoyer sa parka en polyester, il fermerait bien toutes les fermetures éclair en pensant à son frère.

Il retourna dans le vestibule où il avait déposé en arrivant le sac de voyage dans lequel il avait transporté son premier contingent de fantoccini. Le sanglier de son père avait belle allure sur le carrelage. Melchior n'aurait pas besoin de le mettre sur un socle. Il sortit un fer de lance en bronze, datant du deuxième millénaire avant Jésus-Christ, à patine rouge et verte, et son fragile, son précieux tambour de shaman, un des fantoccini auxquels il tenait le plus, qu'il avait rapporté d'un voyage dans une république autonome de la Sibérie orientale, où un sorcier rigoleur, vêtu d'un ample manteau de soie amarante, le lui avait proposé en échange de ses lunettes de soleil et de sa montre. Deux clochettes étaient accrochées à l'intérieur du tambour dont le cadre était en bois de mélèze – un arbre abattu rituellement pour donner naissance au tambour, avait dit l'interprète. La peau du tambour était celle d'un renne sauvage mâle. Il faudrait, avait ajouté l'interprète, que Melchior aille se recueillir dans la forêt à l'endroit où était né ce renne, s'il voulait que le tambour l'aide en toutes circonstances. De longues chevilles en bois qui maintenaient la membrane tout autour du cadre ressemblaient aux rayons d'un soleil noir, — mais Adrien aurait vu là l'image symbolique (Melchior l'aurait parié) d'un vagin denté! L'interprète avait été chargé de dire à Melchior que ce tambour pouvait servir de monture, de barque — et même d'avion, avait précisé le sorcier hilare — pour dialoguer avec les esprits. Le tambour avait une vingtaine de centimètres de diamètre et Melchior l'emportait dans tous ses voyages.

On lui avait dit que ces tambours sont liés à la vie de ceux qui les utilisent. Si la peau du tambour se fend ou se déchire, le maître du tambour est en danger de mort. Le shaman ne s'était-il pas débarrassé de son vieil instrument — il ne restait plus que quelques poils sur la peau de renne — parce qu'il redoutait le moment où la membrane se déchirerait? Melchior avait pris le plus grand soin de son tambour qu'il consultait souvent, en le plaçant contre son oreille et en le faisant résonner avec un seul doigt dont il ne frappait pas la peau mais le cadre.

Dans la poche extérieure du sac, il avait placé le cahier que lui avait envoyé Georges une semaine plus tôt et qu'il n'avait pas encore eu le temps de lire à Paris, un solide cahier cartonné, rouge malgré sa marque Blueline, cahier dans lequel Georges avait recopié la *Rhapsodie hongroise* qu'il s'était mis à écrire galvanisé par l'exemple de Melchior qui venait de publier ses Mémoires.

Les Mémoires de Melchior avaient paru un an auparavant. Il en avait envoyé un des premiers exemplaires à Georges, avec une dédicace d'une page, et quand il était allé lui rendre visite à Montréal, il avait retrouvé le livre avec des marges surchargées de points d'exclamation.

Georges lui avait annoncé qu'il travaillait d'arrache-pied à un récit qui serait plus mal fichu que celui de son frère (il savait que Melchior n'avait pas écrit lui-même son livre) mais moins fanfaron.

Melchior s'était dit que son frère ne mènerait

jamais son projet à bien, mais il avait finalement reçu ce cahier et il en avait lu ce matin même quelques pages dans le train. Il l'avait ouvert au hasard, comme quand il parcourait des scénarios pour les " humer ", disait-il. Il y avait de jolies choses, les premiers jouets de Georges, la visite de leur grand-mère hongroise, des promenades dans la forêt avec leur père, mais aussi le surprenant récit d'un voyage d'amoureux qu'avaient fait, en secret, leur mère et Florentin au Tyrol, un voyage dont Melchior n'aurait jamais soupçonné l'existence si son frère Georges, archiviste distingué des rapports familiaux, conjugaux et extra-conjugaux, ne s'était donné la peine ou le plaisir de le lui chanter dans sa *Rhapsodie* précédée d'une citation extraite des Mémoires d'un chroniqueur ayant vécu à l'époque où on avait commencé à construire le futur Château Saint-Léonard : " Si faict-il bon estre informé des choses passées. "

L'escapade tyrolienne avait eu lieu au cours du premier avant-guerre, quand Melchior se trouvait, selon une expression empruntée par Georges au même chroniqueur, " au saillir de son enfance ". C'était l'été 1906, quand on

99

appelait les caméras des moulins à café à cause de leurs manivelles et quand on allait voir les films de Tartinette ou Zigouillard dans les salles de cinéma qui étaient des salons cinématographiques. Heureux temps, songeait Melchior, où on payait les metteurs en scène au nombre de mètres du film terminé!

Irrité, Melchior avait refermé le cahier, et s'était assoupi. Il préférait rêver à sa mère venant le chercher à la sortie de l'école plutôt que la surprendre au détour d'une page en train de chanter une tyrolienne avec Florentin. Il allait retrouver sa maison. Il n'avait pas prévu qu'il s'empêtrerait le même jour dans ce passé douteux.

Il s'était promis qu'il ne rouvrirait pas le cahier avant longtemps, mais la curiosité fut plus forte. Il reposa délicatement son tambour, prit le cahier et s'appuya contre un mur avant de l'ouvrir à la première page.

7

RHAPSODIE HONGROISE

> *" Si faict-il bon estre informé des choses passées. "*
>
> COMMYNES

Viktor et Nóra, les parents d'Eva Marmont, s'étaient rencontrés en 1869 à Szegedin, une ville forte au milieu des marais, de plus de soixante mille habitants, et ils travaillaient dans la même fabrique de savon.

Viktor avait acquis un peu d'instruction chez les Piaristes, les frères des écoles pies. Il racontera plus tard à sa fille l'histoire de ces religieux et de leur fondateur, un saint espagnol dont elle ne retiendra pas le nom, un homme riche qui avait dépensé sa fortune pour créer, en

Italie puis en Espagne et en Hongrie, des écoles pour les indigents, et qui était mort aussi pauvre que ceux qu'il secourait. Nóra ne supportait pas que Viktor se sente redevable de quoi que ce soit à ces petits prêtres qui, après tout, n'avaient fait qu'obéir à leur vocation. S'il avait appris à lire et à écrire, disait-elle, il ne le devait qu'à sa seule volonté. Elle admirait son mari.

Ils s'étaient mariés très vite parce qu'elle avait cru qu'elle était enceinte mais elle ne l'était pas. Après le repas de noces, les amis des jeunes mariés leur avaient fait la surprise d'organiser un bal au bord de l'eau. Ils s'étaient tous donné le mot : Viktor et Nóra devaient passer une nuit blanche. Le meilleur ami de Viktor, qui s'accompagnait d'une cithare primitive qu'il avait fabriquée lui-même, avait chanté *Jolie fille, s'il n'est pas possible que tu sois à moi, sois heureuse avec un autre.* Sa chemise blanche éclairée par les torches l'avait fait ressembler à un cygne descendu des monts Carpates en suivant le cours de la Tisza, la rivière qu'ils aimaient tous et que les Autrichiens voulaient qu'on appelle la Theiss.

A la fin de la chanson, Nóra avait impé-

102

tueusement embrassé la bouche du chanteur :
" Ah, György! Tu as la plus belle voix que je
connaisse! " Tout le monde avait apporté du
vin et du tabac. C'était en juin et la nuit était
douce. A l'aube, on avait pêché des poissons et
on avait allumé un feu sur la rive pour les faire
griller.

Le matin, Viktor et Nóra s'étaient assoupis
sur le pont du bateau où les derniers invités
s'étaient réfugiés avec les dernières bouteilles.
Le jeune couple n'avait pas d'autre endroit où
dormir. Le logement trouvé par Viktor au sud
de la ville ne se libérerait que plus tard. Quand
Nóra apprit en se réveillant que le bateau
transportait des sangsues, elle remonta sa robe
froissée pour regarder ses cuisses.

L'année qui suivit leur mariage, Viktor et
Nóra apprirent qu'une loi venait d'être votée
en faveur de la liberté de l'émigration. Nóra
voulut aussitôt quitter le pays. Des amis leur
conseillèrent de s'installer à Vienne, mais Nóra
ne supportait ni les Autrichiens ni leur Schram-
melmusik. Elle fit valoir à Viktor que la plupart de ceux qui renonçaient à vivre en Hongrie
partaient pour un pays qui en valait la peine,
c'est-à-dire les États-Unis de l'Amérique du

Nord. Il y avait du travail pour tout le monde là-bas, l'industrie manufacturière y était très développée.

Adolescent, Viktor avait été chauffeur de clous chez son oncle forgeron. Il chauffait les rivets. Il avait appris à cuber le fer pour en calculer le poids. Il était devenu frappeur, heureux de savoir frapper juste sur le fer incandescent, ce qui lui avait donné un dos et des épaules magnifiques. Nóra aurait tant voulu le connaître à ce moment-là, et l'avoir vu, monté sur une forge, les mains gantées de cuir, torse nu, ruisselant de sueur, faisant tournoyer son maillet, des étincelles venant s'éteindre dans ses cheveux. Lui qui s'était battu avec le fer, comme il devait être malheureux de travailler dans une fabrique de savon.

En Amérique, on produisait beaucoup d'objets de fer ou de fonte de fer, et des cuivres ouvragés. Il fallait aller dans les États riverains de l'Atlantique, le Massachusetts, le New York, le New Jersey, des noms qui faisaient rêver Nóra.

Elle avait entendu parler d'un steamer anglais dont les cinq cheminées s'appelaient Lundi, Mardi, Mercredi, Jeudi et Vendredi, mais ils n'avaient pas les moyens de se payer le voyage jusqu'à Liverpool. Il faudrait se renseigner plutôt du côté de l'Adriatique. Des navires partaient du port croate de Fiume.

Pendant des semaines, Nóra s'endormit en imaginant le bateau qui l'emmènerait sur l'océan, un paquebot rutilant avec des cheminées dans lesquelles on aurait pu mettre des maisons entières. Elle savait que les cabines de première classe n'étaient pas pour elle, ce qui ne l'empêchait pas de rêver qu'elle se blottissait contre Viktor dans le plus douillet des lits à rideaux, pendant que le navire était secoué par une tempête.

En attendant, ils se tuaient à la tâche quatorze heures par jour et dormaient dans une cave que des amis leur prêtaient. Ils n'avaient pas de grands besoins et ils mettaient tout leur argent de côté pour leur futur voyage. On commençait à rencontrer en ville des agents recruteurs qui travaillaient pour des compagnies de navigation transatlantique. Viktor et Nóra firent la connaissance de Hans, un Prussien venu démarcher dans la fabrique. D'après lui, l'argent n'était pas un problème. Il serait facile de travailler à bord pour payer leurs billets, ou d'en payer une partie à l'arrivée, en travaillant à New York pour la compagnie. Il resta une semaine à Szegedin. Le soir de son départ, Nóra prépara une soupe de goulash avec du lard fumé. Le Prussien s'était procuré deux litres d'un bon vin de Tokay qui avait des arômes de figue et de noisette. Viktor, un peu ivre, se mit à chanter, et Hans invita Nóra à danser. Viktor rythmait la danse en frappant dans ses mains. Hans et Nóra tournoyaient de plus en plus vite devant lui, Hans riait et criait " Moi aussi, j'irai en Amérique ! Nous ne nous quitterons plus ! ", et le visage de Nóra brillait dans la pénombre, elle tendit la main vers Viktor pour qu'il se joigne à eux, mais elle s'effondra sur le lit entraînant Hans avec elle. Viktor s'arrêta de chanter et dit à Hans qu'il se faisait tard et qu'il était temps de partir. Hans se releva et lui demanda s'il s'était décidé pour les billets. Les deux hommes regardaient Nóra endormie tout habillée, les jambes dénudées jusqu'à mi-cuisse. Hans dit à Viktor qu'il y avait toujours moyen de s'arranger. Il suffisait que Viktor veuille bien comprendre que sa femme avait une folle envie de partir. " A ta place, dit-il, je laisserais ton vieux Hans arranger tout ça au mieux. " Si Viktor voulait bien, Hans reculerait avec joie son départ d'un jour ou deux. Bien sûr, pendant la traversée, il faudrait que Viktor comprenne... Viktor avait bu trop de schnaps. Il ne comprenait rien. Il s'obstinait à répondre qu'il n'avait pas la somme nécessaire, et que lui et Nóra ne pourraient pas partir avant au moins un an. Si Hans lui trouvait du travail sur le bateau, il était d'accord. " Ce n'est pas ça ", répondit Hans qui ramassa son chapeau et jeta un dernier regard en direction de Nóra. On ne l'avait plus revu.

A la fabrique, Viktor fut muté dans un atelier où il créa un savon blanc aromatisé, destiné à nettoyer les gants. La direction espérait que ce nouveau produit ferait fureur à Vienne. Viktor abandonna la potasse et la soude, et Nóra, qui travaillait à l'emballage et aux étiquettes, trouva que les vêtements et les cheveux de son mari avaient une odeur plus agréable.

Nóra se sentait seule. Elle avait vingt ans et toute sa famille était loin. Elle craignait d'être stérile, mais après deux ans de mariage elle mit au monde une petite fille qui fut appelée Eva. Nóra était rayonnante. Elle aimerait cette enfant de tout son cœur et de toutes ses forces, elle l'aimerait toute sa vie, elle lui ferait des robes et elle ferait aussi des robes pour ses poupées. Une nuit, la petite Eva eut des quintes de toux qui réveillèrent ses parents. Les quintes étaient brèves et peu bruyantes, mais elle vomit et Viktor courut chercher le médecin qui parla d'une infection saisonnière banale. A l'aube, les quintes de toux et les vomissements s'aggravèrent. Viktor ne trouva pas le médecin chez lui et quand il rentra la petite était morte dans les bras de sa mère.

On crut longtemps que Nóra deviendrait folle. Elle ne cessait de dire en sanglotant : " Un médecin américain l'aurait sauvée! Un médecin américain l'aurait sauvée! " Viktor s'ingéniait à la distraire. Elle refusait de quitter la cave où sa petite fille avait vécu. Quand elle sortait dans la rue, elle criait : " Qui a donné la coqueluche à mon enfant? Montrez-vous! Salauds! Salauds! " Elle ne supportait plus que Viktor la touche. Ah! Si Hans revenait! Bien sûr qu'elle coucherait avec lui en échange d'un billet pour New York, puisque c'était ce qu'il attendait. Ce pauvre Viktor n'avait rien compris! Aujourd'hui, elle serait en Amérique! C'est ce qu'ils veulent, les hommes, coucher, et en échange ils vous donnent un passage pour l'Amérique ou un enfant mort.

Un matin, réveillée plus tôt encore que d'habitude, elle avait agrippé Viktor : " Est-ce qu'il nous reste assez d'argent pour partir ? Viktor ! Combien d'argent nous reste-t-il ? " Viktor avait dû payer les frais d'enterrement. Ils avaient voulu le plus bel enterrement qui soit, avec des cierges, des tentures, des musiciens. Le cercueil aussi avait coûté cher.

Viktor avait pensé gagner de l'argent avec la vente de son savon pour nettoyer les gants, mais, à la fabrique, on avait dit que ce n'était pas lui qui en était l'inventeur. Il aurait été renvoyé s'il avait voulu prouver le contraire, et ce n'était pas le moment.

Nóra avait plusieurs fois songé à se tuer. Elle avait rêvé qu'elle se noyait dans la Tisza, là où elle avait dansé le soir de son mariage. Elle avait remis sa robe de mariée et elle se laissait couler dans l'eau noire. Si elle avait cru en Dieu, elle se serait tuée pour retrouver sa fille au Paradis. Dieu aurait compris.

Chaque journée qui commençait l'angoissait. Elle restait prostrée, le visage vieilli. C'était Viktor qui l'obligeait à se laver et à passer des vêtements propres.

S'il lui demandait ce qu'elle voulait manger, elle répondait toujours : des larmes, des larmes, *könnyek, könnyek.*

Quitter la Hongrie était la seule idée qu'elle était encore capable de formuler. Alors elle se redressait et parlait d'une voix moins éteinte. Viktor avait peur d'elle quand elle le secouait en lui enfonçant ses ongles dans les bras : " Partons Viktor, partons, partons ! Tu verras, quand nous serons loin d'ici je serai de nouveau gentille. "

Elle était allée passer deux semaines chez ses parents dans leur petite maison avec un jardin potager aux environs de Pozsony, l'ancienne capitale de la Hongrie. Viktor n'était pas tranquille mais il ne pouvait pas quitter la fabrique et il avait dû la laisser partir seule.

Son père s'appelait Melchior. C'était un enfant naturel et abandonné, recueilli par une famille de juifs caraïtes de Basse-Hongrie, qui, après avoir été monteur de mécanismes d'horlogerie à Bude, venait d'ouvrir un magasin avec deux associés à Pozsony, ville nommée Pressburg sur la carte des États autrichiens.

Au centre de son jardin, Melchior faisait des essais de ce qu'il appelait une Horloge botanique. Il avait planté différentes espèces de fleurs qui s'ouvraient et se fermaient à heures plus ou moins fixes, si bien que l'ensemble de ces fleurs permettait de savoir, à tout moment de la journée, fût-ce approximativement, l'heure qu'il était. Un savant avait déjà fait cette expérience en Suède, mais les fleurs qu'il avait choisies n'étaient valables que pour le climat du nord de la Suède. Melchior avait dû sélectionner d'autres fleurs. Nóra avait oublié que son père était toujours plein d'idées.

Elle aimait l'écouter parler. Ayant vu passer entre ses mains tant de mécanismes d'horlogerie, il avait beaucoup à dire sur le temps. Il ne croyait pas que c'était une bonne chose pour les êtres humains de mesurer le temps avec des moyens mécaniques au lieu d'observer le soleil et les étoiles. " Mais quand il pleut, disait Nóra, comment savoir l'heure qu'il est? – On n'a pas besoin de savoir tout le temps l'heure qu'il est. Il faut aussi se contenter de la deviner. " Il avait expliqué à Nóra que les montres sont sensibles à la température. Les horloges avaient tendance à retarder quand la température augmentait. Il aurait voulu découvrir un alliage de métal pour lutter contre l'influence de la température, mais il n'était pas assez savant. Il utilisait comme tout le monde des lames bimétalliques en laiton et en acier. Pour son usage, il se serait contenté de mesurer le temps avec des bougies et un cadran solaire, mais il devait se plier aux désirs de clients plus modernes que lui.

Nóra se sentait si bien chez ses parents qu'elle resta une semaine de plus. Elle reprit du poids. Elle dormait près d'une fenêtre dont elle refusait de fermer les volets pour être réveillée par le soleil. Elle n'aurait jamais oser avouer à ses parents qu'à Szegedin, elle vivait dans une cave humide. Elle finit par accepter d'accompagner son père en ville, où la rencontre de petits enfants fut pour elle un supplice. L'atelier où travaillait Melchior n'était pas loin de l'Entrepôt royal des sels. On passait devant l'église des Franciscains de Saint-Martin où avait lieu le couronnement des rois de Hongrie.

La veille du départ, pendant qu'elles se trouvaient dans le jardin, sa mère lui avait dit que la solution à tous ses malheurs était de se dépêcher de faire un autre enfant. Nóra lui avait répondu : " Occupe-toi de tes affaires. " Sa mère lui ayant rétorqué : " C'est bien la peine d'avoir souffert pour t'élever ", elle s'était mise à pleurer.

Elle revint à Szegedin avec un panier rempli de nourriture et une pendule que Melchior lui avait remise avec fierté, une " horloge portative de chambre ", comme il disait. Il l'avait enveloppée d'étoffes pour le voyage. Nóra ne l'avait pas encore vue, ce devait être une surprise pour tous les deux, et elle la découvrit avec Viktor pendant qu'il la déballait. L'horloge ressemblait à un autel d'église baroque en miniature. Au dos de l'horloge étaient incrustés dans le bois, en lettres de cuivre, les prénoms de Viktor et de Nóra, plusieurs fois entremêlés grâce à la consonne et à la voyelle qu'ils avaient en commun.

Viktor aussi avait une surprise à lui faire ce soir-là. Il avait trouvé un moyen de partir pour la France. La fabrique de savon venait de passer des accords avec une usine de Marseille. La France produisait plus d'un million de quintaux métriques de savon par an, dont la moitié à Marseille où se trouvaient des savonneries renommées. Cette ville serait leur première étape vers les États-Unis. A Marseille il y avait des services de bateaux à vapeur pour la mer du Nord, et une fois en Angleterre... On lui avait dit que la langue française ressemblait au roumain. C'était une ville d'au moins deux cent mille habitants. Toutes les grandes puissances européennes avaient des consulats à Marseille.

" Et on y restera combien de temps ? " avait demandé Nóra prête à remballer l'horloge de son père et à partir séance tenante après avoir fourré ses trois robes dans un panier d'osier. Sautant au cou de Viktor, elle l'avait couvert de baisers passionnés.

* *

Deux mois plus tard, en décembre 1871, après un voyage qu'ils n'auraient pas cru si long, Viktor et Nóra découvraient Marseille, sœur de Rome, rivale de Carthage, une ville animée et bruyante qui avait rendu heureux tant de ses visiteurs, de François Ier qui s'était amusé à se battre à coups d'oranges avec des galériens avant d'aller voir, sur l'île de Pomègue où les navires d'Afrique faisaient quarantaine, un rhinocéros envoyé par le roi du Portugal au pape, jusqu'à Marie Dorval, une actrice qui écrivit à son amant resté à Paris : " Il n'y a que Marseille qui soit en amour de moi. "

Viktor et Nóra se sentirent un peu perdus dans le plus important des ports commerciaux d'une France qui venait de remplacer le Second Empire par la Troisième République.

Contrairement à ce qu'on leur avait promis, il n'y eut pas de travail pour Nóra, et le salaire de Viktor était loin de leur permettre de se loger dans les quartiers neufs qu'une magnifique avenue de deux kilomètres séparait de la vieille ville où on leur proposa une chambre dans une rue sombre et sale.

Ils étaient arrivés en train, par Vienne, Genève et Lyon. Quand ils virent la Méditerranée, ce fut un spectacle si inattendu que, la fatigue aidant, ils se mirent à pleurer. Nóra avait fermé les yeux et embrassé Viktor : " Regarde pour nous deux! C'est trop fort pour moi! C'est la mer! Regarde-la! "

Au début, les problèmes de langue furent insurmontables. Viktor avait du mal à faire admettre qu'il n'était ni allemand ni autrichien, et pas plus déserteur qu'espion. Il était hongrois, disait-il, et les Hongrois ne devaient rien à personne. Pour ses interlocuteurs français, les immigrants hongrois étaient des aristocrates venus se réfugier à Paris vingt ans plus tôt, fuyant le tsar qui aidait l'Autriche à étouffer dans le sang leur révolte. Mais Viktor savait que cette révolte était aussi celle du petit peuple, celle de son père, de sa famille, de son village ! Il fut choqué d'apprendre qu'on avait laissé entendre au prince Napoléon, dit Plon-Plon, que la couronne de Hongrie et son trône millénaire étaient libres... Plon-Plon s'était méfié, les royaumes étrangers n'étant pas des porte-bonheur chez les Bonaparte. A Paris, au Palais-Royal, une jeune comtesse hongroise s'était rendue célèbre par le blanc de sa peau et le rouge de ses opinions. Un vieux socialiste marseillais, rencontré dans un café de la Cane-bière, s'était souvenu du nom de Batthyány, qu'il avait dû prononcer plusieurs fois avant que Viktor ne comprenne : " Ah, vous voulez dire Batthyány ! " Le monde entier avait été indigné par l'exécution sommaire de Bat-thyány, le premier président du Conseil de la Hongrie indépendante. Arrivée en France, sa veuve avait dit qu'elle avait pu lui confier un poignard, la veille de l'exécution, et qu'il s'était mutilé sans réussir à se donner la mort. Les

Autrichiens lui avaient fait la grâce de le fusiller au lieu de le pendre, et Victor Hugo lui avait rendu hommage dans un poème où " victimes " rimait avec " nous combattîmes ".

Mais, depuis, la plupart de ces exilés hongrois avaient rallié le nouveau régime. On avait demandé à Viktor pourquoi il voulait rester en France. A ceux qui lui parlaient avec émotion de Blanqui, révolutionnaire ayant répondu à ses juges que sa profession était prolétaire et son domicile fixe la prison, Viktor répondait : " Connaissez-vous Kossuth ? " Qui savait à Marseille que Kossuth avait fait voter l'indépendance de la Hongrie et la déchéance des Habsbourg ? Viktor était encore enfant quand son père avait été assassiné pour avoir suivi Kossuth. Il aurait voulu pouvoir parler à ses amis français de la répression autrichienne, mais le vocabulaire lui manquait. Et ses camarades de travail qui essayaient de lui parler de la Commune... Où était Kossuth ? Où était Blanqui ? Le Français en prison, le Hongrois en exil.

Les ouvriers de la savonnerie essayaient d'expliquer à Viktor pourquoi le vieillard qui dirigeait le pays, un ancien journaliste né à

Marseille, Adolphe Thiers, était leur bête noire.
Viktor s'intéressait à tout ce qu'il pouvait
apprendre sur la situation politique en France,
à tout ce qui le rapprochait des Marseillais qu'il
trouvait de plus en plus amicaux. Nóra et lui
apprenaient le français avec un amateur d'opéra
qui avait épousé une de leurs compatriotes, installée à Marseille depuis dix ans, une émigrée
de 1848 qui régnait sur un restaurant tzigane
près de la colline Saint-Charles où se trouvait la
gare, et qui avait engagé Nóra comme cuisi-
nière. Certains soirs, Viktor venait chanter des
airs de son pays. Il se plaisait dans cette ville
mais Nóra lui rappelait sans cesse que Marseille
devait rester pour eux une étape.

Nóra allait le plus souvent possible regarder
la mer. Jusqu'alors, elle n'avait vu que des
fleuves. Elle pensait aux États-Unis où elle arri-
verait en bateau. Là-bas, une ligne de chemin
de fer reliait deux océans.

Sur la plage, elle observait les enfants qui se
poursuivaient dans l'eau, s'aspergeaient les uns
les autres et faisaient semblant de se noyer. Elle
imaginait sa petite fille la suppliant de lui permettre d'aller jouer avec eux : " A condition
que tu fasses bien attention, Eva. Tu vois, ils

sont plus grands que toi. " La petite Eva s'échappait en courant et criait sans se retourner : " Oh! merci, Maman! Merci! " Elle se roulait dans le sable, salissait sa robe, entrait dans l'eau, prenait peur et revenait à toute vitesse se jeter dans les bras de sa mère en claquant des dents.

Au large, des paquebots se dirigeaient sans doute vers le canal de Suez, l'île de la Réunion ou la Cochinchine française. Parfois, depuis les barques qui longeaient la côte, on lui faisait de grands gestes, auxquels elle répondait. Un rameur l'avait interpellée, debout, les mains en porte-voix, et avait chanté à tue-tête :

> *Accours dans ma nacelle,*
> *Gentille jouvencelle !*

Nóra comprenait bien le français, maintenant.

Chaque fois qu'elle rentrait de la plage où elle rêvait à son avenir devant la Méditerranée qu'on appelait la baignoire du soleil et aussi la mer des amoureux, et qui lui servait de boule de cristal, Nóra était résolue à secouer son mari. Viktor s'était fait des amis à Marseille, il aimait cette ville, il s'installait. Il avait même parlé de se faire naturaliser ! Il regardait avec envie les calèches et les victorias sur la promenade du Prado qu'avait récemment conçue un riche marchand de papiers peints. " Un jour, nous achèterons des chevaux ", avait-il dit. Que croyait-il? Qu'ils traverseraient l'Atlantique à cheval, ou en montant des hippocampes? Nóra ne voulait rien s'acheter, ne rien posséder, ne pas s'encombrer. Elle était de passage.

8

Melchior avait interrompu sa lecture au moment où naissait sa mère, la deuxième fille de Viktor et Nóra, qu'ils avaient appelée Eva en souvenir de la petite morte. Viktor avait déclaré la naissance de Kálmán Eva à la mairie de Marseille dont le maire de l'époque se prénommait Melchior, Melchior Guinot, lequel, précisait l'interprète des opérettes de Franz Lehár, avait fait supprimer la subvention du Grand-Théâtre.

A part quelques détails historiques, Melchior connaissait par cœur l'histoire de Viktor et Nóra, que celle-ci lui avait souvent racontée en Californie. Quand Nóra avait quitté la France, elle avait cinquante-six ans. Viktor était mort sept mois plus tôt, écrasé par deux chevaux attelés à un omnibus, qui avaient échappé à leur conducteur.

Pendant vingt ans, elle avait économisé sou par sou le prix du voyage transatlantique qu'elle fit à bord d'un paquebot italien à prix unique où elle avait eu le droit d'occuper quelques dizaines de centimètres carrés sur un des entreponts.

Melchior l'avait vue, paraît-il, quand il était enfant mais il n'avait fait vraiment sa connaissance qu'à Los Angeles. Elle était âgée de soixante-douze ans, et elle avait la nostalgie de Marseille, lui parlant sans fin, dans la cuisine du petit restaurant dont elle était devenue propriétaire, non seulement de la " bouill-abaïsso " (les poissons du Pacifique ne valaient pas les rascasses, les rougets et les mulets de la Méditerranée), mais des tilleuls et des sycomores, des pins maritimes et des cyprès qui bordaient les allées où elle avait promené sa fille, des plages, du sable argenté, des rochers de granit rose, du bruit des dominos sur les guéridons des cafés.

Elle avait aidé Melchior à ses débuts. Grâce à son restaurant, elle connaissait du monde. Elle lui avait présenté l'assistant-décorateur qui travaillait pour Cecil B. DeMille et qui avait accepté d'introduire Melchior sur le plateau où se construisait la forêt préhistorique du film *Adam's Rib*. Elle parlait américain avec un accent marseillais qui plaisait à ses clients. Pour dire " un coup de fusil ", elle continuait de dire " un caou de fusiou ". Elle était la seule personne à qui Melchior avait raconté l'histoire du *two pence*. Elle avait refusé que Melchior lui offre de la vaisselle neuve pour son restaurant. Il fallait qu'il garde son argent. On ne savait jamais ce que la vie vous réservait. Quand des gens avaient invité Melchior à dîner chez eux, il leur rendait leurs invitations dans le restaurant de sa grand-mère.

Nóra fermait son restaurant le lundi, et elle en profitait pour aller au cinéma. S'il était libre, Melchior l'accompagnait. Ils voyaient parfois trois films d'affilée. La vue de Nóra avait baissé. Melchior lui lisait les textes des intertitres. Ayant dû renoncer à faire la cuisine elle-même, elle continuait d'accueillir les clients et vérifiait qu'il y avait des fleurs sur chaque table.

Aux obsèques de Nóra, il y avait une telle foule que quelqu'un avait demandé le nom de la star qu'on enterrait.

Melchior dut renoncer à la rêverie qui l'absorbait. On avait klaxonné devant la grille de l'entrée, qui par miracle n'avait pas été revendue à un ferrailleur, les précédents occupants ayant dû éprouver une sorte de respect ancestral pour la notion, qui n'appartient pas qu'à l'architecture, de " solennité de l'accès ".

Une fourgonnette apportait les cartons de livres que Melchior avait entreposés, trente ans plus tôt, dans la cave du notaire, des livres qu'il avait achetés quand il était étudiant, et qu'il avait laissés d'abord chez sa mère au moment de partir pour les États-Unis, puis chez le notaire quand sa mère était morte, comme si le dépôt de ces livres au notariat présageait l'achat futur de la maison. Il emprunta un canif au chauffeur, et, dans le froid, courbé sous le hayon du véhicule, sans mettre ses lunettes, ému à l'idée de retrouver intacts des livres qu'il avait aimés et oubliés, témoins des heures où il avait eu l'énergie de les lire, il empoigna la première boîte en carton, si lourde qu'il faillit tomber et qu'il dut la coincer avec ses cuisses pour la retenir en équilibre sur le pare-chocs. Il fit glisser le canif sous une corde à linge qu'avait sans doute utilisée sa mère, et trancha les nœuds gordiens qui protégeaient le savoir de sa jeunesse. Ayant soulevé les rabats, il aperçut les premières reliures, aux charnières fendues, aux coiffes arrachées, aux coins usés. Le livreur attendait qu'on lui règle sa course. Melchior lui demanda de l'aider à transporter les trois cartons à l'intérieur. Le livreur était pressé de rentrer à Vichy. Il redoutait une averse de neige.

Après le départ de la fourgonnette, Melchior avait découvert, dans le dégagement de la cuisine, une chaise coquille en plastique rouge, recouverte de gravats, qu'il avait essuyée avec un vieux journal, et qu'il avait apportée dans le vestibule, près des cartons. Emmitouflé dans sa parka, il avait sorti un à un les volumes aux reliures frottées, retrouvant des textes d'auteurs grecs et latins, Plutarque, Apulée, Pétrone, et, tandis que les livres reprenaient vie entre ses doigts, il avait l'impression d'être semblable à un scaphandrier creusant dans la vase à la recherche de marbres et de bronzes immergés depuis vingt siècles sous les couches de bois en décomposition d'un navire athénien ayant sombré au large de l'Italie, mais ce qu'il rapportait de ses plongées dans les cartons de livres, ce n'étaient ni des dieux ou des déesses nus, aux têtes encadrées de mèches de cheveux qui s'en vont dans tous les sens, ni de jeunes satyres aux

narines dilatées, aux muscles saillants, ni quelque Éros androgyne aux fortes cuisses et au
buste projeté en avant, dans la fleur de la jeunesse et prêt à s'envoler, c'était la statue du
jeune homme qu'il avait été, brisée en mor-
ceaux, et qu'il reconstituait et restaurait à l'aide
des phrases que ce jeune homme avait lues en
s'exaltant au point de croire que sa vie s'y trouvait contenue et leur ressemblerait ou n'en
serait pas indigne. S'il s'aventurait à reconstituer sa jeunesse et ses émotions passées, Melchior ne risquait-il pas d'extraire de la vase de
ses souvenirs, au lieu du splendide éphèbe en
marbre des îles, la statuette d'un bouffon
contrefait dont le bronze serait corrodé par
l'eau et le temps, un être difforme qui se tor-
tille pour divertir entre deux services les invités
d'un banquet, un acteur comique et grotesque
avec un énorme phallus postiche qui lui pend
entre les jambes?

Il faisait défiler rapidement les pages de ses
vieux livres sous son pouce, et le bruit des
pages évoquait trop de sons différents pour
qu'il puisse définir celui que venaient masquer
des comparaisons plus banales, qui l'empêchaient d'avoir accès au bruit et au souvenir

précis qu'il avait envie de retrouver en faisant
glisser, et glisser encore sous son pouce les
pages du livre qu'il avait entre les mains. Ayant
écarté le bruit de la mer et des torrents, des cré-
celles ou des volets qui grincent, après avoir
pensé à des sons techniques : projecteurs,
moviolas, enrouleuses, il se rappela que son fils,
quand il était petit, fixait une carte à jouer sur
son vélo, et que cette carte émettait une série de
bruits secs lorsque les rayons de la roue la touchaient.

Il n'avait eu qu'un enfant. Tant de femmes,
et un seul enfant! Qu'en pensait la Nature? Il
ne s'était pas laissé faire, le vieux Melchior,
mais la Nature ne le laissait-elle pas survivre,
toujours vert et actif, avec des testicules conti-
nuant de lui fournir un taux honorable d'hor-
mones mâles (il en prenait aussi en compri-
més), afin qu'il donne à l'espèce humaine,
fût-ce par mégarde, un ou deux petits diablo-
tins de plus? C'était une théorie démodée. La
Nature elle-même était démodée. Les enfants
ne se faisaient plus comme avant. La nouvelle
théorie était que les enfants décident eux-
mêmes de naître, choisissant leur moment et
leurs parents. Melchior comprenait très bien

qu'aucun enfant ne veuille plus de lui. Il était d'accord. Il y avait longtemps qu'il ne se sentait plus la force d'apprendre à quelques chérubins braillards à faire pipi à heure fixe, d'autant plus qu'il appréhendait le moment où il l'oublierait lui-même. En tout cas, si la vie d'un homme qui n'a pas d'enfant était un échec selon les biologistes, voilà au moins un échec qu'il aurait évité !

Il avait fini de sortir tous ses livres des cartons et il regardait les tranches jaspées qui entouraient d'une sorte de halo les proses ou les poèmes qui l'avaient poussé, jadis, à croire que la solitude est mieux que tout.

Un livre vit et respire par les tranches, pensait-il. L'année dernière, il avait eu la fantaisie de retourner tous ses livres dans sa bibliothèque à Paris, pour en exposer les tranches. " Ils ont vraiment le dos au mur ", avait-il dit en montrant ses livres à ses invités qui avaient eu l'air de penser que cette fois, ça y était, Melchior avait le cerveau ramolli. Il avait pris soin, après avoir remis ses livres à l'endroit, d'inviter de nouveau les mêmes personnes, qui lui avaient toutes trouvé meilleure mine.

Tiens ! A vingt ans, il avait acheté le *Faust*

de Goethe! Qu'avait-il pu y comprendre à l'époque? Il en avait acheté bien d'autres éditions depuis. Ainsi, les premières pages qu'il lisait dans la maison où, vieillard, il venait à un rendez-vous que lui avait fixé sa jeunesse, allaient le conduire dans le cabinet de travail où Faust maudit la mollesse et la patience, et refuse de renoncer à l'action, au mouvement, à la découverte du monde et des hommes.

Allait-il relire le prologue qui met aux prises un directeur de théâtre avec un poète, c'est-à-dire un producteur de films et son scénariste? Ce serait le premier texte qu'il lirait dans sa maison retrouvée.

Il aurait passé toute sa vie à lire. Dans le cinéma, on consacre plus de temps aux mots qu'aux images. Pour un film qu'on finit par produire, combien de livres n'a-t-on pas lus? Hitchcock achetait les droits de romans qui se passaient dans les pays où il avait envie d'aller, pour se donner bonne conscience de voyager.

Melchior pourrait adapter *Faust*. Les droits étaient libres, mais collaborer avec Goethe et Méphisto ne devait pas être une sinécure. A la mort de Max Ophuls, on avait trouvé un exemplaire de *Faust* sur sa table de nuit. Il voulait en faire un film, lui aussi.

Melchior reposa l'ouvrage de Goethe sur la première pile de livres qui commençait à s'élever sur le dallage du vestibule.

Ces livres achetés par un étudiant étaient des livres modestes, dont les reliures bâillaient. Il revoyait la chambre où il les avait lus, le casier où il les rangeait, les rayonnages des librairies où il les avait découverts quand il était arrivé à Paris, un Paris encore champêtre où il avait croisé un troupeau de chèvres, et où on pouvait choisir non seulement la rue dans laquelle on voulait habiter, mais le numéro de l'immeuble.

Sur la page de garde d'une édition ancienne des *Poëmes antiques et modernes* du comte Alfred de Vigny, il avait inscrit au crayon : " Dernière édition préparée de son vivant par l'auteur " et ajouté la date de son achat, 1919, cinquante ans après la parution du livre, longtemps après la mort du poète, combien de temps avant sa mort à lui ? Il calcula qu'il possédait ce livre depuis soixante-trois ans, mais c'était comme s'il venait de l'acheter puisqu'il avait oublié qu'il le possédait, ce qui tendait à prouver, estima-t-il sans raison, que sa mort n'était pas pour bientôt !

Il ouvrit le *Satiricon* de Pétrone, un de ses

anciens livres de chevet, un de ces cadeaux que l'humanité se fait de temps en temps à elle-même, un livre dont la lecture et les réflexions qu'elle avait fait naître en lui l'avaient aidé à se méfier de ce qu'on lui enseignait. C'était là qu'il avait repéré une expression dont il n'avait cessé de se servir depuis : *Non valet lotium suum.* " Il ne vaut pas son urine ! ", ou bien : " Il ne vaut pas le prix de son urine. " Il y avait longtemps que Melchior n'avait plus fait de latin. Il décida qu'il allait s'y remettre. Il commencerait par apprendre par cœur quelques phrases de Pétrone, de ces phrases charmantes où d'innombrables baisers préludent à d'autres jouissances, *quaerentes voluptatem robustam.* Pour connaître une langue étrangère, lui avait dit un de ses professeurs, retenez moins des mots que des phrases.

Dans le vestibule humide, sur sa chaise en plastique, les doigts paralysés par le froid, Melchior tournait les pages du *Satiricon* et s'imaginait en train de rouler sa bosse en compagnie des jeunes vauriens de Pétrone dans les plaines côtières de l'Italie méridionale au temps de Néron. Lui aussi, la belle Quartilla l'empêchait de dormir, puisque la nuit tout entière serait

131

consacrée au culte de Priape, ce dieu qui était la terreur des maris.

Le texte latin était tronqué, plein de lacunes, parvenu en charpie aux éditeurs modernes, ce qui était une des raisons qu'avait Melchior de se sentir proche de ce livre aussi fragmentaire que l'idée qu'il avait de sa propre existence. Il se reportait à la traduction imprimée en petits caractères au bas de chaque page. Il avait complètement oublié ce qui arrivait à la fin au narrateur, lequel se retrouve dans l'herbe en compagnie d'une jolie fille mais avec un sexe *languidior coliculi*, plus mou que la tige d'un chou, et court voir une vieille sorcière qui crache sur des boulettes de poussière qu'elle lui applique sur le front, et lui remplit les poches de cailloux magiques avant de s'extasier devant le résultat qu'elle obtient en y allant à deux mains : " Regarde le lièvre que j'ai fait se lever pour d'autres ! " Melchior était content pour ce pauvre garçon. Le *Satiricon* était un livre sec, vif, plein d'humour, peut-être un rien trop pédérastique pour son goût, mais comme disait le milliardaire Osgood Fielding III à la fin de *Certains l'aiment chaud* : " Nobody is perfect. " Si on avait fait du *Satiricon* un Évangile, la vie en Occident aurait été plus marrante.

132

A la dernière page, Melchior tomba sur un projet de testament dont il fut jaloux. Lui, maître ès testaments, il était battu sur son propre terrain ! A vingt ans, il n'avait pas dû apprécier comme il convenait ce passage où un homme lègue sa fortune à ceux qui accepteront de manger son cadavre. Voilà ce qu'il apprendrait par cœur et réciterait à son vieux complice le notaire ! Le soir tombait. Il n'avait pas prévu qu'il ferait noir si vite et il avait du mal à déchiffrer la page où le testateur latin conseillait à ses futurs héritiers de fermer les yeux et d'imaginer que ce n'était pas de la chair humaine, *humana viscera*, qu'ils mangeraient, mais un million de sesterces ! Melchior referma le livre à regret. Le chauffeur de la fourgonnette avait raison : il commençait à neiger. Ce ne serait sans doute que de la neige mouillée.

Il n'aurait pas dû venir dans la maison avant d'avoir fait rétablir l'électricité. Où avait-il la tête ? Il n'avait même pas pris avec lui une lampe de poche. C'était malin de se croire en été avec les personnages de Pétrone, sur une plage aux environs de Naples, alors qu'il se trouvait dans la Montagne bourbonnaise, en plein hiver. Le taxi ne devait venir le chercher qu'à huit heures. Qu'allait-il faire dans le noir jusque-là, avec son album de photos de statues grecques et ses poèmes d'Alfred de Vigny? Pourvu que le taxi soit en avance. Il s'affola. Si le taxi oubliait de venir? Il n'y avait même pas de téléphone. Son fils avait proposé de l'accompagner, mais la présence de son fils aurait gâché ses retrouvailles avec la maison. Pourquoi devrait-on toujours et partout s'encombrer des gens qu'on aime et qui vous aiment? Comme si on n'avait pas assez à faire quand on est seul avec soi-même, encombré par ses souvenirs, encombré par un corps qui a trop chaud ou trop froid, encombré par l'impossibilité presque permanente d'être celui qu'on voudrait être!

Melchior se retint de donner un grand coup de pied dans les livres mis en piles à côté des cartons vides. Ces livres appartenaient à quelqu'un qu'il n'était plus, à quelqu'un qu'il avait rêvé d'être, à celui qu'il n'aurait plus le temps de devenir. Il avait retrouvé dans ces livres, dans le choix des auteurs et des titres, dans les soulignages et les annotations, la trace ou la preuve en même temps que les vestiges et les débris de tous les espoirs d'un jeune homme

qui voulait tout connaître, tout savoir, tout
retenir, tout deviner, de peur d'être abusé par
les autres, trompé ou trahi, d'un jeune homme
dont il portait encore le nom et le prénom, et à
qui il était persuadé d'avoir dit adieu une fois
pour toutes, ne repensant à ce garçon qu'on
disait plein d'avenir qu'avec indifférence, parfois compassion, mais n'ayant encore jamais
admis que ce jeune homme ait pu être plus
inventif, plus sensible, plus vibrant et frémis-
sant — il aurait fallu trouver des adjectifs latins
— que le commerçant qu'il était ensuite devenu,
et qu'à ce jeune homme, au fond, il devait
tout.

9

A vingt ans, Melchior voulait être poète. C'était le début des années vingt, et il était parti pour les États-Unis dans l'espoir d'y éprouver des sensations qu'il qualifiait par avance de modernes. Il voulait chanter son siècle, secouer son siècle, dénoncer son siècle. Dans ses poèmes, il n'y aurait pas d'arbres en fleur ni de petits oiseaux. Loin de la France, il créerait des néologismes et chanterait le travail et la souffrance des hommes. Il avait lu Émile Verhaeren et Walt Whitman. De Rimbaud, il n'avait retenu qu'une phrase : " Il faut être absolument moderne. " Comme Rimbaud, il était parti, mais il était parti avant d'écrire son œuvre, et à Hollywood il était tombé amoureux du cinéma en aidant les assistants de Cecil B. DeMille à recréer dans un studio une forêt préhistorique. Il avait facilement trouvé du travail dans le cinéma. Ce n'était pas compliqué à l'époque.

En quittant l'Europe, il ne connaissait même pas le nom d'Hollywood, qui commençait à devenir la capitale du cinéma. Ce n'était pas seulement le soleil qui attirait les gens de cinéma à Hollywood, mais la proximité de la frontière qui leur permettait de se réfugier au Mexique quand ils commettaient divers délits ayant toujours un rapport caractérisé avec le détournement de fonds. Dans l'industrie cinématographique, toutes les décisions importantes se prenaient à New York. Quand un film était produit, on envoyait plus de télégrammes d'une côte à l'autre qu'on ne tournait de plans dans la journée. Les grands patrons de New York venaient à Hollywood sur leurs yachts en passant par le canal de Panama.

Le tout premier travail de Melchior, engagé comme sixième assistant sur un film consacré aux amours du roi Salomon et de la reine de Saba, avait consisté à parcourir les rangs des figurants quand on mettait en place un nouveau plan, pour s'assurer qu'ils avaient enlevé leurs lunettes et leurs montres.

En 1922, lorsqu'il avait eu l'occasion d'adresser la parole à Cecil B. DeMille, qui avait vingt ans de plus que lui, sans parler des dollars, des films et sûrement des femmes, ils avaient parlé d'arbres. DeMille faisait reconstruire en studio, par quatre cents maçons et menuisiers, une forêt de séquoias, et Melchior avait vu arriver, pendant des jours, des milliers de fougères et des tonnes de mousses provenant des montagnes de l'Oregon, pour servir de décor à une histoire d'amour qui débutait dans un musée devant des squelettes de brontosaures et se terminait en pleine préhistoire. DeMille affectionnait les scénarios où on mélange les époques, et la préhistoire était à la mode. Melchior, qui avait déjà peint un décor pour les Cecil B. DeMille Productions, avait obtenu, grâce à sa connaissance des arbres, un contrat d'assistant décorateur sur le tournage de ce film, *Adam's Rib*, un titre que DeMille avait préféré à *Glorifying the Girl*. DeMille avait dit à Melchior qu'il aimait les Français, même s'il avait été malade comme un chien à Paris où il avait dû se faire opérer quelques mois plus tôt. La première fois qu'il mettait les pieds en Europe! Il avait d'abord pris froid à Rome, dans les catacombes. Il devait être reçu en audience privée par le pape, et quand il s'était présenté au Vatican, un cardinal l'avait éconduit sans même lui dire que le pape Benoît XV était mort une heure avant.

C'est par Orson Welles que Melchior apprit que les papes modernes étaient cinéphiles. Welles avait eu droit à une audience privée. Pie XII l'avait béni et, l'ayant fait asseoir à côté de lui, serrant sa main entre les siennes pendant les trois quarts d'heure que dura l'entretien, il lui avait demandé des nouvelles du mariage de Tyrone Power, et quel âge avait Cheryl, la petite fille de Lana Turner. Jennifer Jones était-elle heureuse ? Irene Dunne allait-elle vraiment se séparer de son mari ?

A la fin des années cinquante, après le triomphe des *Dix Commandements*, Cecil B. DeMille avait été, lui aussi, reçu par Pie XII, mais Melchior n'avait pas su ce qu'ils s'étaient dit, n'ayant plus revu DeMille qui était mort l'année suivante.

Malgré les séquoias préhistoriques en plâtre, *Adam's Rib* avait été un gros échec commercial. Pendant le tournage, C.B. s'était souvent entretenu avec le jeune Melchior et l'avait remercié des suggestions qu'il avait faites pour l'aménagement des rives du torrent qui traversait le plateau. Melchior lui avait demandé pourquoi il ne tournait pas dans une vraie forêt. " J'ai visité bien des forêts pour ce film, avait répondu C.B., et les arbres sont splendides dans la nature, mais je peux mieux les éclairer ici. " C.B. DeMille était devenu le grand homme de la vie de Melchior Marmont.

S'il était resté en France, Melchior serait-il devenu poète? Il faut beaucoup de courage pour travailler dans la solitude. Son fils était poète. Il pensait parfois que son fils était devenu poète à sa place. Il l'avait toujours soutenu.

Cher Malcolm! Melchior aurait préféré appeler son fils Emmanuel ou François, mais sa mère qui était américaine avait choisi de l'appeler Malcolm, un prénom shakespearien. Elle était actrice. En 1938, elle avait manqué de peu l'Oscar de la " best supporting actress " et Melchior l'avait rencontrée quelques jours après. Elle lui avait dit que son Oscar, c'était lui. Elle s'appelait Barbara Ann Fletcher. Elle l'avait accompagné en France, où ils s'étaient mariés. Elle avait tourné à Londres dans quelques films produits par Arthur Rank, et au début de la drôle de guerre, elle était rentrée aux États-Unis où Melchior, quittant la France du maréchal Pétoche, l'avait rejointe en 1941. Ils avaient travaillé ensemble à des courts métrages de propagande anti-nazie. Barbara Ann était tombée enceinte et leur fils Malcolm était né dans une clinique de Los Angeles.

Revenus en France avec l'armée américaine, ils avaient divorcé quand Malcolm avait quinze ans. Barbara Ann était retournée vivre aux États-Unis avec leur fils. Malcolm avait étudié à Boston. Il écrivait ses poèmes en anglais et les adaptait lui-même en français.

Depuis vingt ans, il secondait son père à la Melchior Films. C'était lui qui s'occupait des co-productions avec les télévisions, producteur délégué de programmes culturels qui avaient été une des meilleures affaires que Melchior ait faites. Grâce à son fils, Melchior avait pu, un des premiers, filmer les grands opéras du répertoire, et il avait vendu aux télévisions du monde entier un cycle Richard Strauss, difficile à mettre au point à cause des héritiers. Melchior lui laissait beaucoup de temps libre pour lui permettre d'écrire. Il admirait les poèmes de son fils et, chaque fois que celui-ci publiait un recueil, il en achetait une centaine d'exemplaires qu'il distribuait autour de lui, d'autant plus facilement que Malcolm ne signait pas Marmont mais avait pris un pseudonyme. Pourquoi se méfier de son nom de famille? Melchior n'était pas si bête. Malcolm se méfiait évidemment moins de son nom que de son père. Pourtant, ils s'entendaient bien. Melchior l'avait souvent emmené avec lui dans des festivals, quand ils étaient plus jeunes tous les deux, soucieux d'avoir l'avis d'une autre génération que la sienne sur les films qu'il prendrait en distribution. Malcolm avait l'art de repérer des films qui tiendraient plusieurs mois dans une ou deux salles d'art et essai à Paris, à l'époque où le public se passait très bien de la publicité pour choisir les spectacles qu'il avait envie de voir.

La maison était encore plus humide que Melchior ne l'avait craint, et la nuit serait bientôt tout à fait tombée. La température s'était encore abaissée. Un vent de surface s'engouffrait sous les portes. Melchior ne se fiait pas à de tels vents qui pouvaient tout à coup culbuter les cheminées ou endommager la toiture. Il lui sembla entendre l'horloge de l'église du village. Sonnait-elle huit heures? Le vent empêchait de bien compter les coups.

Dans la pénombre, Melchior distinguait à peine, à ses pieds, la masse de plus en plus sombre des livres amoncelés en piles irrégulières aux quatre coins des cartons vides, comme autant de tours de flanquement, de tourelles ou d'échauguettes veillant sur un fantasmagorique château de cartes qu'auraient subrepticement édifié, pendant les années qui le séparaient de l'achat et de la lecture de ces livres, les pensées qu'il avait eues, les personnes qu'il avait rencontrées, les décisions qu'il avait prises, les jugements qu'il avait portés, les désirs qu'il avait éprouvés ou combattus, toute cette bouillie épaisse d'exaltations et de contrariétés qu'il essayait de maintenir dans une zone inaccessible de sa conscience où s'opérait la fusion de ses instincts et de ses rêves, et dont il pressentait qu'elles n'étaient — la bouillie, la conscience, la bouillie de sa conscience et sa conscience de cette bouillie — que le résultat d'acquisitions aussi instables que des piles de livres et aussi impalpables que le vide des cartons, acquisitions qu'il devait à ses anciennes lectures, au mélange riche, à l'assemblage rigoureux, autant qu'au fatras des fragments de vision du monde qu'il avait faits siens en les arrachant aux auteurs qui lui avaient permis de s'insérer à son tour dans la chaîne ou le mouvement giratoire des êtres humains qui se révoltent lorsqu'on leur impose ce qu'ils doivent dire, voir, faire et entendre, et qui refusent qu'on les simplifie au détriment de richesses qui leur appartiennent et dont leur vie ne suffira pas à dresser l'inventaire.

Il se dit qu'il offrirait à son fils tous ces livres qu'il venait de retrouver, et qui, somme toute, lui revenaient de droit, mais à quoi bon? Les titres les plus intéressants, n'importe qui d'un peu cultivé les possédait. Et puis, ces traductions peu fiables, démodées, Malcolm n'en voudrait pas. Melchior serait contraint de garder près de lui, jusqu'à sa mort, ces témoins d'ambitions qu'il avait plutôt sous-estimées que trahies et qu'il découvrait quasi intactes après avoir passé sa vie à les méconnaître. Il plaignait ceux qui se déclarent satisfaits de la vie qu'ils ont menée. Il n'aimait pas les gens qui se rassurent à bon compte. Il se disait : " Je n'accepte pas ma vie telle que je l'ai vécue. Je peux la faire basculer jusqu'au dernier moment! Je ne dirai jamais que si ma vie était à refaire, je la referais de la même façon. Je suis content d'avoir des regrets. On se rassure comme on peut, moi je préfère me rassurer en m'inquiétant. "

10

Pour le moment, il s'inquiétait surtout de ne pas voir arriver le taxi. Il avait hâte de se retrouver au chaud dans sa chambre d'hôtel. Pourvu qu'on accepte de lui servir son repas dans la chambre. Sa secrétaire avait sûrement dû y penser en faisant la réservation. Elle était parfaite. Elle s'occupait même des plantes vertes au bureau. Quand Melchior l'avait embauchée, elle lui avait dit qu'elle n'aimait ni les philodendrons ni les bégonias. C'était les deux seules plantes qui se trouvaient dans l'entrée de la Melchior Films et qu'elle avait remplacées par deux abutilons. Le matin, été comme hiver, il trouvait sur son bureau un bouquet toujours différent, qu'elle composait elle-même. Melchior l'avait surnommée la Belle Jardinière. Quand il s'installerait ici où il

était sûrement en train de contracter une pneu-
monie mortelle, il lui demanderait de choisir
pour lui des plantes décoratives d'intérieur. Il
lui confierait peut-être l'agencement du jardin.
Elle était la seule femme qu'il voyait régulière-
ment. Il déjeunait assez souvent avec elle, et il
pensait qu'elle l'aimait bien. " Toute ma vie, se
dit-il, j'ai eu envie d'être quelqu'un qu'on ne
pouvait pas s'empêcher d'aimer. " Depuis la
mort d'Irène, sa secrétaire était devenue son
intendante. Il ne supportait plus d'entrer dans
les magasins. Il lui avait confié l'achat de ses
vêtements. Elle connaissait son tour de cou et sa
pointure, et elle avait le sens des couleurs et des
matières.

Claire Valentigney! A force de l'appeler la
Belle Jardinière, il oubliait parfois le nom de sa
secrétaire, ce qui était gênant quand il devait
lui présenter quelqu'un. Il ne voulait pas qu'on
puisse mettre cet oubli sur le compte du grand
âge. Il n'avait pas attendu d'être âgé pour être
distrait, même s'il était plus souvent dans la
lune maintenant qu'avant, il en convenait
volontiers. " La Belle Jardinière " évoquait aussi
un tableau attribué à Léonard de Vinci, *La
Belle Ferronnière*, où la ferronnière n'est pas la

jeune femme que le peintre a représentée mais le joyau qu'elle porte fixé par une chaînette sur le milieu de son front, joyau qui symbolisait, avait-il dit à Claire, le rôle qu'elle-même tenait au sein de la société Melchior Films.

Il se sentait bien quand elle était là, et c'était tout. Elle lui avait fait l'éloge des ions négatifs, les vitamines de l'air, et elle l'avait convaincu d'installer un ioniseur au bureau et un autre chez lui. Il avait craint un moment qu'elle ne verse dans la naturopathie ou la réflexologie, mais elle s'était contentée de prendre des cours de cuisine naturelle dans un institut macro-biotique et elle avait fui au bout de quarante-huit heures une maison de berger dans les Cévennes où elle devait suivre un stage de jeûne surveillé.

Elle n'était pas seulement la secrétaire de la Melchior Films. Elle avait aussi été une merveilleuse assistante pendant le tournage du film que Melchior s'était décidé à mettre en scène lui-même l'année dernière. Au générique, il ferait figurer le nom de Claire Valentigney sur un carton à part, comme " conseillère ", puisqu'elle n'avait pas de carte d'assistante. Il n'admettrait jamais que le gouvernement français oblige les techniciens de cinéma à avoir une carte professionnelle, délivrée après un parcours du combattant interminable et dont le principal résultat est de faire prendre à pas mal de ses détenteurs, comme diraient les Chinois, des yeux de poisson pour des perles, c'est-à-dire les vessies de leur expérience pour les lanternes de l'art. Melchior enrageait de voir tant de jeunes, pleins d'idées et d'enthousiasme, comprendre en trois semaines un métier qu'on les empêcherait d'exercer pleinement avant des années. On lui répondait qu'il y avait des dérogations. Pourquoi ces dérogations ne devenaient-elles pas la règle?

Il essaya de se lever. Il avait mal au dos et il s'ankylosait lentement sur sa chaise. Il n'allait pas s'énerver en pensant aux colères qui l'avaient usé pendant la préparation et le tournage de son film. Le taxi allait-il se décider à arriver? Dans le noir, il ne distinguait plus les aiguilles de sa montre. Il réussit à se mettre debout et il vérifia qu'il avait bien les clefs de la maison sur lui. Il sursauta. Une porte venait de claquer à l'étage. Des rafales de vent assiégeaient la maison.

Il n'avait pas refermé la fenêtre de son

ancienne chambre. Il nota avec plaisir que son esprit était resté assez agile pour identifier sur le moment un bruit et sa cause, avant même que ce bruit ne lui fasse peur. Il n'irait pas refermer cette fenêtre en prenant le risque de faire un faux pas dans l'escalier. S'il n'avait pas commis la bêtise d'arrêter de fumer, il aurait des allumettes sur lui. Une porte claqua. L'ambiance devenait lugubre. Tant pis, toutes les fenêtres resteraient ouvertes. La neige n'avait qu'à entrer.

De toute façon, il comptait revenir demain en fin de matinée, ayant rendez-vous avec un entrepreneur de la région. Ce rendez-vous n'était-il pas après-demain ? Sa secrétaire avait tout inscrit sur un papier qu'il avait à l'hôtel. Il avait prévu de rester trois ou quatre jours. Ce soir, il téléphonerait à Malcolm. Il avait demandé qu'on le laisse seul pour sa première visite à la maison, mais dès demain il aurait besoin d'aide.

Il n'avait plus la moindre idée de l'heure qu'il était. Pendant longtemps, il s'était passé de montre et il n'avait jamais eu besoin de demander l'heure à personne. Il se serait très bien entendu avec cet arrière-grand-père Melchior! Melchior II tenterait un jour l'expérience de l'Horloge botanique. Près du hêtre! A l'endroit des pique-niques! De la fenêtre de sa chambre, il pourrait savoir l'heure en regardant ses fleurs. Les montres atrophient une sorte de sixième sens qui prend note des moindres changements de lumière, de la durée pendant laquelle on reste assis dans tel ou tel genre d'endroit, de l'intensité ou de la diminution des bruits d'un immeuble ou d'une rue, et parfois de l'heure que marquent une horloge publique ou la montre d'un passant. Pour le tournage de son film, sachant qu'il serait confronté à des tensions et des horaires qui détraqueraient son " sablier interne ", Melchior avait acheté une montre, mais depuis, il se laissait sans cesse avoir par le temps qui passait et qu'il n'était plus capable de mesurer aussi finement qu'avant, le temps dont il n'était plus le complice mais le jouet, le temps qui régnait de nouveau en maître, non pas le temps des philosophes, le fameux temps qui n'existe pas, mais le temps qui se refuse à être perceptible et connu autrement que par les montres dès qu'on ne le cherche plus que là.

L'heure... Comme si c'était tellement important! Parfois, tout peut devenir une question d'heure. Melchior n'attachait plus d'importance qu'à l'arrivée d'un taxi qui viendrait le prendre aussi bien dans cinq minutes que trois quarts d'heure.

Revoir l'intérieur de la maison avait été un choc émotif qui lui avait fait perdre un peu la tête. Il ne se savait pas si impressionnable. L'affolement qui envahissait sa mémoire s'en prenait maintenant à son ventre, à son pouls, à ses poignets qui lui paraissaient tout à coup si faibles, si minces, qu'ils ne lui auraient plus permis de prendre en mains les volumes qu'il avait empilés avec nervosité tout à l'heure. Il était revenu s'asseoir, et, dans le silence, s'était dit qu'un jet soudain de lumière sur sa parka et sur le plastique rouge de la chaise l'aurait fait ressembler à un touriste mal informé des horaires et qui attendrait avant le lever du jour, installé dans un abri au pied d'une ligne de téléphérique, le départ de la première cabine pour une cime d'où il contemplerait sans crainte et sans effort les immenses espaces blancs lentement révélés par un beau soleil matinal, des espaces étendus à perte de vue devant lui et qui seraient la traduction physique de tous les espoirs qu'il avait figés en sommets

inviolables et inviolés, en vallées paisibles où il
ne se rendrait jamais, faute de routes et de
temps ou de foi, mais dont un coup d'œil suffirait à lui dévoiler les splendeurs auxquelles il se
rendrait compte qu'il n'avait pas encore
renoncé, les splendeurs qui font supporter tout
le reste à ceux qui savent, quand ils sont mal-
menés, où et comment les trouver. Était-ce à
cause du froid? Melchior se persuadait qu'il
était cet alpiniste engourdi, éclairé par une
lumière blafarde devant la porte d'une station
de téléphérique fermée, tassé sur lui-même et
s'abandonnant à un léger délire transitoire dans
lequel des pics neigeux encore masqués par la
nuit symbolisaient ses désirs les plus fous, n'en
ayant pas la forme mais la force. Ses désirs les
plus fous! Étaient-ils si nombreux, étaient-ils si
fous? Melchior préféra penser à autre chose. De
quand dataient les téléphériques? Sa mère en
avait-elle pris quand Florentin l'avait emmenée
au Tyrol, lors de ce voyage fait par le couple
illégitime au " saillir de l'enfance " d'un certain
Melchior?

La date exacte du voyage figurait en tête de
la reconstitution établie par Georges, où les

téléphériques brillaient par leur absence. Georges signalait un chemin de fer funiculaire à Innsbruck, et précisait à un autre endroit que le voyage de Mme Étienne Marmont en compagnie de M. Florentin Servant s'était déroulé à une époque où les hôtels et pensions de premier ordre annonçaient fièrement qu'ils avaient la lumière électrique.

Il s'agissait bien d'attendre un taxi pendant trois quarts d'heure, alors que dans cette maison resurgissait un voyage accompli trois quarts de siècle auparavant! Le couple était passé par Bâle, et après la visite de leurs bagages à main à la frontière, le chemin de fer de l'Arlberg les avait conduits au Tyrol en leur faisant traverser un tunnel long de dix kilomètres. A Innsbruck, où l'excellente eau potable venait des hautes montagnes qui entouraient la ville et la protégeaient des vents du nord, ils avaient séjourné à l'Hôtel de l'Europe, pourvu non seulement de la lumière électrique mais d'ascenseurs, et (Georges avait recopié le prospectus conservé par leur mère) " situé admirablement vis-à-vis de la gare ". Il y avait beaucoup d'Anglais et d'Américains à l'hôtel. Le concierge, qui parlait français, leur avait conseillé d'aller voir, dans le jardin de l'école pour instituteurs, le Tyrol miniature en relief, construit avec les différentes espèces de roches du pays, et Eva Marmont aurait voulu pouvoir en rapporter une reproduction photographique pour la montrer à ses fils, mais elle n'en avait pas trouvé, même pas une carte postale (à moins qu'elle ne l'ait perdue ensuite, ajoutait Georges dans une note de son récit), tandis que Florentin s'était vivement intéressé à l'échelle de ce Relief du Tyrol et du Vorarlberg (" échelle verticale, 1 : 2 500 ", avait précisé Georges), en se demandant s'il ne ferait pas reproduire le relief de l'Auvergne et du Bourbonnais dans la cour de sa scierie. Ensuite, il semble qu'il y ait eu des discussions dans le couple à propos de la seconde partie de leur voyage, Florentin voulant aller dans le Tyrol du Nord et Eva souhaitant prendre le train qui descendait vers le lac de Garde, politiquement en Autriche, sentimentalement en Italie.

Un autre voyage les avait conduits au bord du lac de Achen, le plus beau et le plus grand lac du Tyrol, où ils étaient arrivés en chemin de fer à crémaillère. Ils avaient fait le tour du lac en bateau à vapeur. C'était déjà la fin de l'été.

A l'hôtel, un orchestre jouait deux fois par jour et Eva, pleine d'entrain, avait demandé aux musiciens de jouer des airs hongrois. Elle avait appris à Florentin à danser la mazurka. Sans cesse, Florentin suppliait Eva de quitter son mari : " Mais pourquoi restes-tu avec lui? Quand viendras-tu vivre avec moi? " Et elle répondait, tout en lui faisant remarquer qu'elle n'avait pas craint de laisser sa famille pour l'accompagner : " Pas encore... pas encore... " Florentin, qui avait une cinquantaine d'années et qui était resté célibataire, jurait qu'il s'occuperait des trois fils d'Eva comme s'il était leur père. (Il faudrait que Melchior demande à Georges s'il avait inventé ces dialogues ou s'il avait adapté de vieilles lettres, auquel cas Melchior aimerait que son frère les lui communique.)

Après avoir fréquenté les établissements de bains du bord du lac et joué aux excursionnistes dans la montagne, Eva Marmont et son amant avaient loué, le dernier jour, un canot de promenade et ils avaient quitté à regret les bords enchanteurs de l'Achensee. Dans le train, ils auraient bien voulu pouvoir en même temps regarder les montagnes et se regarder dans les yeux. (Là encore, Georges avait dû s'inspirer de passages de lettres, et où étaient ces lettres?)

C'était — toujours selon Georges — l'été suivant que Florentin avait enfin réussi à convaincre Eva de venir pour la première fois passer l'été avec ses trois fils au Château Saint-Léonard, renvoyant aux calendes grecques le séjour en Italie (formule de Georges!), au bord du lac de Garde dans un hôtel entouré de lauriers et de palmiers nains, ou à Venise. Le premier membre de la famille Marmont qui soit allé à Venise, la ville des chats, des amoureux fervents et des savants austères, c'était Melchior, et c'était à Venise qu'il avait vu pour la dernière fois Charlie Chaplin vivant. On avait projeté *Les Lumières de la ville* sur un écran géant dressé au fond de la place Saint-Marc, et Chaplin était apparu à un balcon, ovationné par une foule si dense que les pigeons n'arrivaient plus à se poser. Les applaudissements avaient pris fin quand Chaplin avait disparu, n'ayant plus la force de rester debout. Le lendemain, Melchior l'avait revu dans les coulisses de la Fenice, où il attendait qu'on lui remette un prix. Soutenu par deux infirmiers, Charlie Chaplin n'avait pas reconnu Melchior.

Qu'avait pensé Étienne Marmont quand sa femme partait chaque été avec les enfants pendant plusieurs semaines à des kilomètres du domicile conjugal? Avait-il été dupe de la situation? Était-il au courant? Melchior, quand il était adolescent, n'avait jamais osé en parler à sa mère, et quand il s'en était senti le courage, sa mère était morte. Il avait attendu qu'elle soit morte pour avoir envie d'en parler avec elle! Il savait ce qu'elle lui aurait répondu. Que son père faisait la moisson et la fauchaison! En été, les bûcherons cultivaient la terre et ne retrouvaient la forêt qu'en automne. Le père de Melchior gagnait une dizaine de sous par heure, quelques francs par jour, qu'il confiait à sa femme pour qu'elle s'occupe des petits, et il était mort pour la France sans se douter du prix que pouvaient atteindre les chambres des hôtels de premier ordre du Tyrol et sans savoir que sa femme aimait danser la mazurka.

Melchior n'était pas venu au Château Saint-Léonard pour retrouver cette vieille histoire, ces doutes et ces souvenirs incommodants. Il ne souhaitait pas être encombré de remords qui ne le concernaient pas, de pensées qui n'étaient pas les siennes, de gestes faits à son insu et dont

personne ne lui avait jamais parlé, de fables et
de mensonges restés présents dans cette maison,
immobiles, effrayants, tapis depuis des années
dans les embrasures, les chambranles, les
plinthes, les corniches, les lézardes, attendant le
retour de Melchior, devenus dangereux et prêts
à retenir par tous les moyens ce vieillard maintenant à leur merci, qui les avait achetés avec
les lieux où ils avaient trouvé asile, sans savoir
qu'il devrait les délier d'un pacte conclu malgré
eux avec le silence et l'oubli.

Des portes claquaient de plus en plus vio-
lemment à l'étage, faisant un bruit infernal, et
cette fois Melchior prit peur au lieu de penser à
un déplacement d'air. Dans combien de temps
le taxi viendrait-il le délivrer? Il avait été assez
imprudent pour laisser sa canne à l'hôtel. Comment se défendrait-il? Des voyous l'avaient
peut-être vu entrer, le chauffeur de la fourgonnette avait dû parler en demandant son
chemin au village, et les gens savaient maintenant qu'un producteur de cinéma se trouvait
seul au Château. On allait le rançonner, l'assas-
siner. C'était bien fait pour lui. Avec sa canne,
il aurait vendu chèrement sa peau, mais il
n'avait pas voulu avoir l'air d'un vieux mon-

160

sieur le jour où il revenait dans la maison de son enfance. Si seulement il pouvait mettre la main sur le fer de lance qu'il avait laissé sur le parquet du salon! A moi, mes fantoccini! Allons! Ce n'était pas la première fois qu'il se trouvait tout seul dans une maison isolée. Quand il louait des maisons de vacances, et même dans les chambres d'hôtel, il vérifiait toujours les serrures et la résistance des volets fermés.

Il n'était que sept heures du soir, ou au plus tard huit heures moins le quart, un jour de semaine. Pour Melchior, les crimes n'avaient lieu que la nuit, pas avant onze heures du soir, deux heures du matin lui paraissant l'heure la plus probable pour être assassiné, de préférence dans la nuit du samedi au dimanche. Il avait donc tort de s'inquiéter. Quand il avait peur, il se sentait redevenir un petit garçon plein d'idées pour dérouter ses agresseurs. Ses théories sur le meurtre, qui lui avaient permis de juger des scénarios de films policiers, il les avait mises au point vers l'âge de huit ou neuf ans, n'ayant jamais eu besoin de les améliorer depuis, tant elles avaient été parfaites dès le départ, admirable synthèse de conversations avec ses frères et de leçons tirées des romans d'aventures que lui offrait Florentin, impressionnante opération de catalyse où la peur de la mort créait les moyens de s'y soustraire, opération magique consistant à croire que rien n'est réel de ce qui vous menace, vérité non démontrable qui aurait fait rire Melchior si quelqu'un d'autre la lui avait dite, mais dont il avait souvent vérifié la pertinence, même si, replié sur sa chaise coquille, protégé par le dossier en plastique et le faible rempart de ses piles de livres, dans une maison assiégée par des rafales de vent, il n'arrivait plus à se croire invincible et sentait son visage se décomposer.

Se replonger dans ses vieux livres avait remué en lui autre chose que de la nostalgie devant des reliures qui avaient connu des jours meilleurs, bien que l'état de conservation du cuir des dos à nerfs ne soit pas plus alarmant, avait-il pensé, que les craquelures qu'il avait récemment découvertes sur ses jambes. Tous ces livres avaient été écrits par des hommes qu'il considérait comme ses amis, même s'ils étaient morts depuis longtemps. L'un d'entre eux était le vicomte de Chateaubriand qui, dans ses Mémoires, décrivait de jeunes Mexicaines dansant le cigare aux lèvres et Melchior lui était reconnaissant de lui avoir fait connaître ces jeunes filles. La phrase qui les évoquait était devenue sa phrase favorite dans un volume qu'il n'avait pas encore lu en entier. Les jeunes Mexicaines dansaient, le cigare aux lèvres, chaque fois qu'il songeait à elles, et se mêlaient à d'autres danseuses qu'il avait vues dans des films, les vahinés de *Tabou*, les Busby Berkeley Girls, Lucia Bosè affolant tout un village pendant le bal de *Pâques sanglantes*. Son affection pour les jeunes Mexicaines des *Mémoires d'Outre-Tombe* lui avait fait accepter l'idée d'écrire ses Mémoires à lui — une machination ourdie par son frère et son fils —, espérant donner à son tour aux femmes dont il parlerait le pouvoir de s'échapper des phrases et d'être aimées sans devoir tenir compte du temps qui passe, pouvoir dont il espérait profiter aussi.

Il avait été très actif depuis deux ans. Il avait terminé le tournage d'un film qu'il avait réalisé lui-même, après avoir finalement publié des Mémoires que son fils, qui écrivait mieux que lui, l'avait aidé à rédiger. Au début, il s'était pris au jeu, il avait installé un magnétophone sur sa table de nuit et il enregistrait des cassettes avant de s'endormir. Au bout d'un mois, il était parti en voyage. Il avait dit à Malcolm d'inventer le reste. Ce soir, il aurait trouvé amusant de découvrir dans les cartons un exemplaire défraîchi de ses Mémoires, comme si, le livre ayant paru depuis longtemps, sa vie avait été racontée avant même qu'il ne l'ait vécue. Un bon tiers du récit de sa vie telle qu'on l'avait imprimée n'était qu'une accumulation de fantasmes dont l'entière responsabilité incombait à Malcolm qui lui avait même suggéré de finir le livre par le récit de l'enterrement de l'auteur. Le livre publié se terminait par un rêve qu'était censé faire Melchior, rêve dans lequel en effet il mourait.

Ce rêve, il ne l'avait pas inventé lui-même. Il avait dit à son fils : " Je vais te faire lire mon testament et tu pourras broder à partir de là. " Malcolm avait aimé l'idée de faire veiller le corps dans une salle de cinéma. Il en avait fait un poème en prose, dans lequel on retrouvait des thèmes qui l'obsédaient, la mort sans laquelle la vie deviendrait une plaisanterie, et l'importance de la parole : " Qui se méfie des mots se méfie alors de l'humanité entière ", avait-il écrit, " et qui ne me parle pas ne m'aime pas ".

Pendant la rédaction des Mémoires, parus en français sous le titre *Ma vie jusqu'aujourd'hui*, le père et le fils s'étaient beaucoup rapprochés. Melchior, que l'âge et la solitude rendaient casanier, avait pris l'habitude de débarquer sans prévenir dans l'appartement proche du jardin des Plantes où il retrouvait Malcolm et sa petite famille.

Quand Malcolm était revenu en Europe après avoir interrompu ses études de philologie à Boston, il avait été rejoint quelques mois plus tard par une jeune fille qu'il n'avait plus quittée depuis. Il l'avait connue au *Museum of Primitive Art* de New York, où elle était stagiaire et où il venait chercher l'inspiration de son premier recueil de poèmes, *The New Faces*, en contemplant des masques africains qui associaient au visage humain tout un monde animal moins hétéroclite qu'il n'y paraissait. Il avait demandé la photographie d'un masque dogon, ensuite reproduite sur la couverture du recueil, à la première personne agréable qu'il avait aperçue dans les bureaux, et qui s'était trouvée être Miss Charlotte O'Dea, une sympathique New-Yorkaise d'origine irlandaise, aux yeux couleur de mer et aux si longues jambes que Malcolm n'avait pas hésité à lui dire qu'elle semblait bondir comme une gazelle entre les vitrines du musée. Elle avait vingt ans et vivait avec un marchand d'art primitif qu'elle avait quitté pour ce jeune poète aux yeux intenses et vagues dont elle aimait la conversation et les cheveux rejetés en arrière.

A Paris, Charlotte travaillait au Musée de l'Homme et elle avait guidé Melchior dans ses achats de masques et de statues. Il lui avait confié son tambour sibérien qu'elle avait fait expertiser par une de ses collègues. C'était une pièce rare, et quand Melchior avait dit qu'il le léguerait au Musée de l'Homme, la fille de Malcolm et de Charlotte, Alabama, s'était récriée. Elle aurait voulu posséder ce tambour, et, comme elle trouvait dégoûtant d'attendre la mort de son grand-père, elle ne voyait qu'une solution : qu'il le lui donne tout de suite! Melchior, qui l'adorait, lui aurait offert la terre entière s'il avait pu, mais elle ne s'intéressait qu'à ce qu'il possédait déjà, et elle avait guigné pendant des années le sanglier en bois qu'avait sculpté son arrière-grand-père. Parfois Melchior, fatigué d'avoir à penser à tous ces objets, avait envie de dire à Alabama : " Choisis, prends ce que tu veux! ", mais il n'avait pas le droit de disposer comme il voulait de ses fantoccini. S'il avait l'air d'en être le gardien, il en était aussi le prisonnier. Un jour, il parlerait de ses fantoccini à sa petite-fille. Alabama comprendrait. Pour ses dix-huit ans, il lui avait offert des parfums, c'était ce qu'elle avait demandé.

Elle était née à Paris et il l'avait vue grandir. C'était lui qu'elle avait fait appeler par la police quand elle avait volé dans un Monoprix et qu'elle avait été emmenée au commissariat. Elle devait avoir douze ans, et sa grande peur avait été qu'on apprenne à l'école qu'elle avait volé. Elle s'était laissé entraîner par sa copine Annick, qu'elle décrivait comme " une vraie frappe ", et qui volait tout en double, les maquillages, les soutiens-gorge, une fois pour Alabama et une fois pour elle-même. Melchior ne lui avait pas fait de leçon de morale. Alabama avait ajouté que le surveillant du Monoprix lui avait fait vachement mal.

Malcolm et Charlotte n'avaient pas jugé utile de se marier. Alabama s'appelait Alabama Marmont et Melchior trouvait que c'était le plus joli nom qu'il ait jamais entendu. Il lui avait proposé un rôle dans son film, et lui avait dit qu'avec un tel nom au générique, elle lui porterait chance. Alabama venait de rater son bac et elle était venue le voir sur son tournage. Elle n'avait pas envie d'être actrice. Elle aurait préféré que son grand-père lui propose de travailler au montage. Elle avait assisté à une dispute entre Melchior et le chef-opérateur, à qui Melchior venait de faire changer ses lumières pour la troisième fois en une heure, demandant aussi qu'on change de place la caméra. Le verbe " changer " était celui qu'il prononçait le plus souvent et celui que les techniciens et les machinistes aimaient le moins. A force d'hésitations et de tâtonnements, Melchior avait fini par se mettre toute l'équipe à dos. Alabama avait pris sa défense et lui avait dit qu'il était plus moderne que les autres.

Le film, toujours au montage, avait été tourné l'été dernier, quelques mois après la parution des Mémoires. Melchior aurait tant voulu que le livre ne soit pas encore terminé! Il avait aimé les séances de travail chez Malcolm, quand il écoutait, assis dans un de ces fauteuils contemporains qui flattent davantage l'œil que la colonne vertébrale, son fils lui raconter une vie qu'il n'avait pas exactement vécue mais dont il avait dû dire à tout le monde, lorsque le livre était sorti, que c'était la sienne.

Les pensées intérieures que lui prêtaient Malcolm le changeaient un peu de lui-même, et le rafraîchissaient à défaut de le rajeunir. Alabama passait en coup de vent dans la pièce : " Vous n'avez pas encore fini ? On ne pourrait pas passer à autre chose, dans cette maison ? "

Melchior n'aurait jamais cru qu'il se résoudrait un jour à fouiller dans son passé pour écrire sa vie. C'était Georges et Malcolm qui l'y avaient décidé, et ils avaient pris les devants. Georges était entré en contact avec des télévisions. Il avait dû dire un peu partout que Melchior était une des rares mémoires encore vivantes du septième art. D'abord, Melchior n'avait pas voulu entendre parler de ce projet. On lui avait envoyé une directrice de programmes qui lui avait demandé s'il avait assisté aux premières projections du cinématographe Lumière : " Non ! Quand même pas ! Je n'ai que quatre-vingts ans ! "

Malcolm avait alors rencontré des éditeurs. La supériorité du livre sur une émission de télévision, pour Melchior, était qu'on ne verrait pas sans arrêt son visage qui viendrait rappeler aux spectateurs l'âge qu'il avait. Le livre serait publié simultanément en anglais et en français. Le maître d'œuvre de toute l'affaire serait quelqu'un de chez Penguin qui était venu à Paris et que Melchior avait rencontré dans une suite de l'hôtel Régina où il avait accepté d'accompagner son fils. Ce n'était pas un piège mais presque. Placé devant le fait accompli, il avait accepté de signer sans discussion un contrat mis au point par Malcolm qu'il avait félicité dans l'ascenseur pour ce remarquable sens des affaires où il reconnaissait bien la *Marmont touch*.

Le sens des affaires de sa descendance s'était arrêté là. Malcolm et Charlotte avaient dépensé l'à-valoir avant qu'une ligne des Mémoires n'ait été tapée à la machine, Melchior avait commencé à recevoir des coups de téléphone de l'éditeur lui disant qu'il était le père d'un escroc. Il avait refusé de rembourser l'à-valoir et s'était remis à enregistrer ses cassettes en ayant l'impression d'être revenu trente ans en arrière et d'aider son fils à terminer une dissertation.

Il avait choisi de parler en anglais pour

raconter la période américaine de sa vie, ce qui l'aiderait, pensait-il, à se remettre dans l'ambiance du Hollywood des années vingt.

Sa vie durant, il s'était passionné pour les langues. Il parlait l'américain couramment, et le suédois presque sans accent. A soixante-dix ans, il s'était fait donner des cours particuliers de chinois par M. Wang, un cuisinier du même âge que lui, qui avait été professeur de français à Nankin jusqu'à l'arrivée des Japonais. Malgré son enthousiasme, il ne faisait aucun progrès. Était-ce à cause de son râtelier qu'il ne parvint ni à marquer ni à enchaîner les quatre tons de la langue chinoise ? Au bout d'une quinzaine de leçons, M. Wang avait déclaré : " Monsieur, vous ne saurez jamais parler le chinois. "

Quand il avait débarqué en Californie, Melchior avait assez vite dominé l'anglais, mais il était jeune et c'était une question de survie. Il avait d'abord habité chez sa grand-mère dans l'appartement situé au-dessus du restaurant où il s'était régalé de plats hongrois et marseillais. Nóra surveillait la préparation des succulents poissons parfumés aux herbes et du bœuf safrané qu'elle faisait servir accompagné de carottes. C'était dans le restaurant de Nóra que

171

Melchior avait connu Svend Gade, avec qui il avait commencé d'apprendre le danois. Svend Gade était un décorateur que Mary Pickford avait fait venir à Hollywood pour lui confier les décors d'un *Faust* qu'elle produisait, comptant interpréter le rôle de Marguerite. Svend Gade avait réalisé de merveilleuses maquettes inspirées par des châteaux allemands, mais Mary Pickford, ayant relu la pièce, s'était rendu compte que Marguerite est la mère d'un enfant illégitime qu'elle finit par tuer. Elle avait tout annulé, renonçant à un rôle qui aurait nui à l'image que le public se faisait d'elle.

Svend avait décoré toute une pièce de sa maison de Hollywood Hills en ferme suédoise où aimaient se retrouver les membres de la colonie scandinave de Hollywood. C'était là que Melchior était tombé amoureux de Jenny Jacobsson, une actrice qui venait d'arriver de Stockholm. Il avait abandonné le danois, s'était mis au suédois, et trois mois plus tard il épousait Jenny. Ils avaient mené la grande vie et ils avaient été heureux. Ils avaient loué une immense maison qui donnait sur l'océan, où Jenny avait invité sa meilleure amie que Melchior avait emmenée plusieurs fois à l'hôtel jusqu'au jour où Jenny, qui les avait suivis, avait fait irruption dans la chambre et avait voulu se jeter par la fenêtre. Elle n'avait plus voulu que Melchior la touche et elle était partie pour San Francisco. Melchior s'était retrouvé seul, triste et fauché comme les blés. Il était retourné dîner chaque soir chez sa grand-mère.

Il s'était vite consolé avec une petite Roumaine, comment s'appelait-elle déjà? Elle lui avait appris quelques mots de roumain, *dor* par exemple, un mot intraduisible, comme tous les mots qui comptent, un mot qui signifie le mal du pays, le regret, la mélancolie, de vagues espoirs, notions qui étaient alors très loin de lui et le rattraperaient plus tard. A cette époque, il y avait beaucoup de Roumains à Hollywood où on disait que " roumain " n'était pas une nationalité mais un métier. Melchior avait présenté sa Roumaine à Edward, un assistant de Cecil B. DeMille qui appréciait le bœuf safrané de Nóra. Edward avait promis de faire quelque chose pour la petite amie de Melchior, une fille *highly sexed*, et il avait commencé par lui faire la cour. Quand Melchior lui avait demandé de choisir entre lui et Edward, elle avait choisi Edward. Quelqu'un avait dit qu'en envoyant une lettre à Hollywood, il ne fallait pas écrire " California " sur l'enveloppe, mais " Californica ".

Dans la ferme scandinave de Hollywood Hills, Melchior avait aussi fait la connaissance du metteur en scène suédois Victor Sjöström qui avait signé avec la Goldwyn Pictures Corporation un contrat où il acceptait de changer son nom en Seastrom. Son premier film américain avait été un grand succès commercial, Charlie Chaplin avait dit que c'était le meilleur film jamais tourné aux États-Unis, mais les critiques et le public suédois l'avaient détesté : " On voit bien que Sjöström s'ennuie en Amérique où il travaille sans la moindre joie. "

Avant de venir en Amérique, Sjöström avait déjà tourné une quarantaine de films. On avait l'habitude de tourner vite en ce temps-là, et des films moins longs qu'aujourd'hui. Sjöström jouait souvent lui-même dans ses films. Sa femme aussi était comédienne. M. et Mme Sjöström vivaient à Santa Monica avec leurs deux petites filles, une blonde et une brune, Karin et Gunn, ou plutôt Kaje et Guje, toujours habillées en blanc. Ils avaient souvent invité Melchior à dîner. Mme Sjöström apprenait l'anglais en suivant des cours du soir. Sjöström avait vingt et un ans de plus que Melchior, comme Cecil B. DeMille. Il lui avait prêté de l'argent en refusant que Melchior le lui rende. Melchior arrivait toujours avec des fleurs et des jouets pour Kaje et Guje. Il leur avait offert des trottinettes et il avait fait avec elles, dans le jardin de Santa Monica, des parties de croquet qui lui avaient rappelé sa propre enfance.

Sjöström avait montré à Melchior son film *La Charrette fantôme*, dont il avait interprété le rôle principal. Le film commençait dans un cimetière où, la nuit de la Saint-Sylvestre, des clochards vidaient quelques bouteilles en attendant les douze coups de minuit. Ils se moquaient de la légende de la Charrette fantôme qui passe ramasser les morts et dont le cocher est choisi parce que mort en état de péché au douzième coup de minuit du 31 décembre de l'année d'avant. Les clochards se querellaient et tuaient l'un d'entre eux d'un coup de bouteille sur la tête au moment où le fameux douzième coup de minuit sonnait. Surgissait alors la charrette des morts, tirée par un vieux cheval et conduite par un homme qui venait céder sa place au nouveau cocher condamné à ramasser les morts pendant toute l'année suivante.

Quand les lumières s'étaient rallumées dans la salle, Melchior était plein d'admiration pour Victor Sjöström qui avait eu le génie de faire exister les images de la charrette fantôme, de son cheval charbonné et de son cocher armé d'une faux, roulant sur la mer et traversant les murs. C'était comme si Sjöström avait fait projeter sur l'écran des images dont chaque spectateur pouvait croire qu'il les avait vues en rêve et qu'il les reverrait.

En avril 1924, Melchior avait réussi à se faire inviter à la grande fête donnée par l'inauguration des studios de la nouvelle compagnie née de la fusion des Goldwyn Pictures avec Metro et Mayer. Victor Seastrom — plus personne ne disait Sjöström — serait le réalisateur du premier film produit par la Metro-Goldwyn-Mayer, et il avait gentiment proposé à Melchior de l'intégrer à son équipe.

Les nouveaux studios de la M.G.M. n'étaient pas très bien organisés et les assistants se volaient, d'un plateau à l'autre, des spots et des caméras. Le film de Seastrom racontait l'histoire d'un savant qui renonce à ses recherches et s'engage comme clown dans un cirque où il devient amoureux d'une écuyère. Melchior s'était senti très à l'aise dans le décor du petit cirque à l'européenne et Victor Seastrom lui avait demandé de se maquiller en clown pour une scène où il en fallait cinquante.

En regardant travailler Seastrom, Melchior avait appris l'importance de la lumière, de l'ombre et de la psychologie, l'importance de la réflexion et de la lenteur. Avec C.B. DeMille, c'était tout autre chose. Il s'agissait d'être rapide et rusé. Même s'il était un homme d'affaires, Cecil B. DeMille était beaucoup plus fou que Seastrom. Seastrom cherchait à fixer sur la pellicule des moments de génie. DeMille se débarrassait de ses obsessions par tous les moyens. Il venait de tourner son *Volga Boatman* contre l'avis de tout le monde. A New York, ses patrons voulaient le virer. On lui avait interdit de tourner en Russie et il avait filmé les rives de la Volga dans la vallée du Sacramento. Ses amis russes l'avaient supplié de filmer un sujet russe, et comme il avait vu des poupées russes dans une vitrine et, en ouvrant la radio, entendu Chaliapine qui chantait *Les Bateliers de la Volga*, il s'était dit que le destin lui faisait signe et qu'il fallait qu'il obéisse.

En novembre, le brouillard n'avait souvent permis de tourner qu'une demi-heure par jour. Melchior, cette fois, était chargé de surveiller les costumes de l'armée tsariste. On avait tourné la nuit, et, à trois heures du matin, l'infatigable C.B entraînait toute son équipe à soixante kilomètres de là pour visionner les rushes de l'avant-veille. A la première du film à Los Angeles, les ouvreuses étaient habillées en paysannes russes et Fedor Chaliapine était venu à la première à New York, mais le film avait été un four et Cecil B. DeMille avait dû, pour se renflouer, se lancer dans la production de quarante films. Il en réaliserait trois lui-même, dont la vie du Christ qu'il annonçait depuis longtemps. Il avait offert une bible à chacun de ses collaborateurs, en leur demandant de choisir un des Évangiles et de l'apprendre par cœur. Melchior n'avait pas travaillé sur *Le Roi des rois*, bien qu'on lui ait demandé de vérifier la traduction française des titres. En juin 1926, Cecil B. DeMille lui avait offert de superviser la production de deux films à petit budget, et ce furent les premiers pas de Melchior Marmont dans ce qui allait devenir et rester son métier, un métier où il avait été créateur en faisant créer les autres, un métier où il fallait prendre des risques ou sinon disparaître, un métier où il fallait se lancer dans des entreprises folles comme Cecil B. DeMille et méditer chacune de ses décisions comme Victor Seastrom, un métier que M. Wang aurait défini en disant qu'il fallait savoir dessiner un dragon en lui ajoutant des yeux mais ne jamais dessiner un serpent en lui ajoutant des pattes.

" Toutes ces cassettes sont sinistres ", pensait Melchior, " ce n'était pas un inventaire de fin d'année, mais un inventaire de fin de vie ! " Il ne faudrait pas que Malcolm s'avise de les revendre maintenant à des radios. Les Allemands sont très friands de ce genre de rétrospectives radiophoniques. Ils rajoutent par en dessous une symphonie d'un de leurs grands compositeurs nationaux pour faire passer la sauce, la voix d'un de leurs nombreux acteurs brechtiens en guise de traduction simultanée, et le tour est joué, la vie de Melchior von Marmont n'a plus de secrets de Munich à Hambourg ! De façon instinctive, comme une tortue qui rentre dans sa carapace, Melchior essayait de se mettre en colère pour se réchauffer. Sinon, on le retrouverait dans le vestibule du Château Saint-Léonard, mort de froid, son fer de lance à la main.

Il n'avait fait que radoter en enregistrant ces cassettes. Si Alabama pouvait les avoir effacées pour enregistrer des disques! Qu'en ferait-il s'il les récupérait? Les écouter? Les écouter en se moquant? Le beau Melchior qui emmène ses conquêtes danser au Biltmore Bowl? Qui donne ses rendez-vous sous les eucalyptus d'Olive Avenue, à l'entrée des studios des frères Warner, avec ce mât ridicule et le drapeau de la Warner qui claque au vent? Melchior ferait-il installer un mât dans le jardin de sa maison? On hisserait le drapeau de la Melchior Films! Un chandelier d'azur sur fond de pellicule...

Demain matin, Melchior téléphonerait de sa chambre d'hôtel à ses éditeurs : " Combien voulez-vous pour détruire le stock de mes Mémoires? Je vous rachète le contrat. "

A la sortie de ses Mémoires en France, Melchior, qui ne regardait la télévision que pour vérifier qu'on n'enlevait pas le nom de sa société en tête des génériques des films qu'il vendait aux trois chaînes, avait participé à une émission qui était importante, lui avait dit Alabama en lui demandant de l'emmener sur le plateau. Il avait passé le jour précédent à relire ses Mémoires en prenant des notes comme s'il préparait un examen, pour bien se pénétrer de ce qu'il y avait dans ce livre où tout ce qui était raconté était quand même censé lui être arrivé. Il aurait trouvé plus intéressant de dire que tout n'était pas " vraiment vrai ". Sa sincérité aurait surpris le public. Ce n'était pas d'avoir laissé quelqu'un d'autre inventer certains épisodes de sa vie, qui semblait remarquable à Melchior, mais d'endosser ensuite les épisodes en question, de les légitimer en allant les commenter à la télévision, même s'il ne fallait pas exagérer la prouesse psychologique que cela représentait, la vie que lui avait attribuée Malcolm ressemblant encore beaucoup trop pour son goût à celle qu'il avait réellement menée. S'il avait eu le talent d'écrire lui-même ses Mémoires, Melchior n'aurait pas hésité une seconde à inventer du début à la fin, et ses inventions ou ses mensonges auraient finalement donné de lui un portrait plus exact, lui en auraient plus appris sur lui-même que le récit pur et simple de ce qui lui était vraiment arrivé. Les mensonges qu'il aurait faits n'auraient pas été de petits mensonges destinés à donner le change. Il ne se serait pas vanté d'avoir été un héros à seize ans à Verdun ou à trente-six ans en Espagne. Il aurait méconnu la chronologie et il aurait fait se rencontrer saint François d'Assise et Mozart un soir chez lui dans les années vingt, venus tous les deux à Hollywood à bord de la charrette fantôme.

Après tout, avoir dîné avec Charlie Chaplin n'avait rien d'extraordinaire en soi, même si Malcolm avait tiré de la simple phrase : " Oui, bien sûr, j'ai connu Chaplin ", un chapitre assez réussi.

Melchior aurait parlé de Montaigne, aussi, qui serait venu peindre sur les poutres du Château Saint-Léonard quelques-unes des sentences qu'il avait jadis écrites sur les travées de sa librairie. Montaigne, atteint d'une paralysie de la langue, communiquant par écrit avec sa famille, avait demandé qu'on vienne dire la messe dans sa chambre, et il était mort pendant que le prêtre officiait. Cet après-midi, Melchior avait retrouvé dans les cartons un tome dépareillé des *Essais*, bien conservé malgré des trous de vers sur les premiers feuillets. Il avait lu cette phrase : " Je me dénoue de partout. " Encore un homme guilleret !

Quand était mort Goethe ? En tout cas, il avait allègrement dépassé les quatre-vingts ans, lui aussi, comme Melchior qui était en train de se demander s'il avait bien fait de relire ce soir quelques pages du *Faust*, soi-disant pour se prouver que c'est un livre qu'on apprécie mieux quand on est vieux, car être vieux offre plein d'avantages. Comme le disait Méphisto aux jeunes gens du parterre : " Pensez bien au diable, qui est vieux, et devenez donc vieux afin de le comprendre ! "

Ce n'était pas une canne qui manquait à Melchior, ni un fer de lance du Louristan, mais le *Besenstiel*, le manche à balai que Méphisto propose à Faust pour rattraper les sorcières qui se hâtent vers le sommet de la montagne où le sabbat de la nuit de Walpurgis a déjà commencé. Pas plus de balai pour Faust que de canne pour Melchior ! Faust en sera réduit à suivre un ver luisant et plus tard à s'agripper à un bout du manteau de Méphisto avant de rencontrer sur la pente de la montagne une jeune sorcière nue qui dansera avec lui en l'invitant à cueillir, au lieu de la pomme du Paradis terrestre, les deux pommes de son corps voluptueux. Melchior savait qu'aucune jeune sorcière ne lui montrerait plus, ni cette nuit ni une autre, ses seins en forme de pomme ou de poire. Il ne se roulerait plus dans le manteau du diable. Quelle magie le rajeunirait désormais ?

183

Il était devenu Méphisto, un pauvre diable qui parle de Dieu le Père en disant " le Vieux ", et qui règne sur quelques limaçons, lémures et autres feux follets et monstres à tête de femme et corps de serpent. Il était devenu un Méphisto sénile qui présente de jolies filles à Faust et va, de son côté, échanger des jeux de mots obscènes avec une sorcière décrépite qui lui fait des compliments sur la branche morte agrémentant le billot de bois qu'il est devenu. Il ne lui restait plus qu'à galoper la nuit en rase campagne sur son cheval noir, mais accompagné par quel Faust qu'il jetterait dans les bras de quelle Hélène de Troie? Il avait déjà connu son Hélène et elle était morte. Melchior voulait redevenir Faust, connaître et jouir encore. Quelles étaient les dernières phrases de Faust dans la pièce de Goethe? Le volume était là, à portée de sa main, mais la nuit l'empêchait de lire. Ah! Une allumette! Une seule allumette qui lui brûlerait les doigts, mais il aurait eu le temps de se pénétrer des dernières paroles de Faust avant sa mise au tombeau!

Le vent soufflait de plus en plus fort autour de la maison et faisait trembler les volets du rez-de-chaussée. Pourquoi Melchior se laissait-il obnubiler par Faust ? Jadis il savait par cœur tout le monologue du début de la pièce, quand le vieux savant est seul, la nuit, dans sa chambre gothique, et invoque l'Esprit qui, en apparaissant, lui fait peur. Quels esprits Melchior était-il en train de convoquer, après avoir lui aussi consulté des livres, et sinon dans une chambre gothique, du moins dans un vestibule conduisant à un salon gothique qu'il remettrait en état, comme un hommage à la fois à son enfance qui s'était émerveillée de ce salon digne des héroïnes de Walter Scott, et à la soirée qu'il était en train de vivre, à cette nuit glaciale dans une maison qui serait bientôt transformée, si les souvenirs de Melchior continuaient d'exercer leur pression sur elle et de la comprimer à force d'énergie, en une sorte de trou noir que Melchior n'aurait pas le temps de détecter avant d'être englouti par lui.

" Il faudrait que le taxi arrive avant que je n'explose ", se dit-il en pensant que s'il explosait, eh bien, tant pis. Un homme qui explose intriguerait au moins quelques chercheurs. Finir en s'engouffrant en spirale dans un trou noir et en lui livrant son énergie lui parut plus enviable que ce qui l'attendait plus tard, Dieu sait quoi, les signes cliniques du coma dépassé? Pour revenir sur terre, il aurait bien voulu connaître l'heure exacte. Il avait beau tenter de reconstituer sa journée à partir du moment où il avait arrêté la sonnerie de son réveil à sept heures ce matin, et essayer de chronométrer tout ce qui avait suivi, la durée du coup de téléphone de Malcolm à qui il avait demandé de le réveiller au cas où il n'aurait pas entendu le réveille-matin, ensuite le voyage de Paris à Vichy, mais il avait somnolé dans le train et n'avait pas prêté attention à l'heure d'arrivée — il aurait pu prendre l'avion, mais à quoi bon risquer sa vie pour un si court trajet, et puis, c'était en train qu'il convenait d'aller vers la maison de son enfance —, la gare, le notaire l'accueillant sur le quai, le trajet dans la voiture du notaire — Melchior avait remarqué que la montre du tableau de bord était arrêtée —, le déjeuner, le poulet fermier aux écrevisses, les trente-cinq kilomètres en taxi, rien de tout cela ne lui permettait de savoir quand il serait huit heures du soir.

Ah! Quand il avait ouvert la porte de la maison, avant de retirer la clef de la serrure, il avait regardé sa montre. Il avait franchi la porte à quatorze heures vingt. La nuit était tombée très tôt. Le taxi pouvait aussi bien arriver tout de suite que ne pas être là avant trois quarts d'heure, ou une heure, peut-être une heure et demie, la durée d'un film! L'attente incommodait moins Melchior que le froid et l'obscurité. Ce vestibule était une glacière et il ne serait pas étonné d'être bientôt lui-même un bloc de glace. Quand on l'avait invité à parler de son livre à la télévision, il était arrivé sur un plateau trop éclairé et surchauffé. Il se souvint avec délices de cette chaleur. Il se souvenait aussi des sentiments pénibles qu'avait fait naître en lui, attendant que ce soit son tour de parler, non pas le trac — après tout, il était plus habitué que les autres personnes présentes à l'atmosphère des studios — mais la peur de se contredire en direct, ou plutôt de contredire Malcolm, jointe à une envie de plus en plus irrépressible, au fur et à mesure que les minutes passaient, de dire carrément la vérité.

Tout le monde s'était montré très affable avec lui, et il s'était demandé si c'était parce que son livre était bon ou parce qu'il avait quatre-vingts ans. Comme il s'y attendait, on l'avait fait parler de Charlie Chaplin, mais au lieu de répéter ce que son fils avait écrit, il n'avait trouvé qu'une chose à dire : " Un homme très seul... un homme très seul... " Il avait, sans se rendre compte que ce n'était plus son tour, pris la parole : " Si vous me donnez cinq minutes... Ce n'est pas long, cinq minutes... une durée qui paraîtrait ridicule à n'importe quel musicien d'Asie... je vous dirai ce qu'est, pour moi, le cinéma... Cinq minutes d'affilée... Un plan... Mon visage... Pas de plans de coupe... La télévision ne fait pas de plans assez longs... C'est la longueur qui est belle dans le direct... les hésitations... les regards, les silences. " Il avait craint d'être pris pour un vieux débile, alors que la présence des spots et des caméras sur pied l'avait au contraire réveillé, et il s'était tu. Il y avait là un historien qui l'observait d'un air protecteur. Melchior s'était excusé. Quelle mouche l'avait piqué ? La chaleur, peut-être. L'historien s'était adressé à lui en prenant un ton supérieur : " Rassurez-vous, le cinéma est très présent dans votre ouvrage. " Melchior avait hésité à se lancer dans une de ces longues phrases qu'il affectionnait. Plus il avançait en âge, plus ses phrases devenaient longues. Il aurait voulu qu'on lui offre cinq minutes pour prononcer une seule et longue phrase, une phrase qu'il aurait dédiée à la grammaire latine et à ses conjonctions disparues, à toutes ces conjonctions de coordination que le français a refusé d'accueillir, *atque, quoque, autem, deinde, tamen, enim, nihilominus...* Sa phrase aurait été un hommage discret aux plans séquences tournés par des maîtres qu'il n'avait jamais su aider, épauler, seconder, les auteurs de *La Splendeur des Amberson* et d'*Ordet*, d'*Umberto D* et de *Profession reporter...* Mais les phrases se terminent, comme les plans séquences et comme les émissions de télévision. Les phrases dépendent des poumons autant que du cerveau. Melchior respirait mal ce soir-là. Il avait laissé tomber. Il avait distraitement suivi la fin de l'émission, en échangeant quelques sourires avec Alabama qu'on avait placée en face de lui dans le public.

Une fois couché, Melchior avait eu un mal fou à s'endormir. Il passait et repassait dans sa tête toute l'émission. Il trouvait la réplique cinglante qui lui aurait permis de remettre l'historien à sa place. Il regrettait de ne pas avoir déclaré que son fils était le véritable auteur du

livre, ce qui aurait mis un peu d'animation
dans l'assistance. Il aurait dû s'entêter et parler
du cinéma plutôt que parler de lui ou de ses
amis. C'était cette nuit-là qu'avait commencé à
prendre forme son idée de réaliser un film lui-
même. Il tournerait un film pour démoder ses
Mémoires, pour rendre son passé caduc.

11

Le vestibule plongé dans le noir devenait un studio de cinéma, " un atelier de cinématographie ", aurait dit Melchior soixante ans plus tôt. Il voyait des ponts roulants, des treuils, un enchevêtrement de câbles et de cordages, des passerelles soutenant des batteries de lampes à arc. Il était de nouveau à Hollywood en 1920. Toute l'équipe allait bientôt arriver. La lumière des tubes au mercure dissiperait les ténèbres dans lesquelles il se morfondait. On ferait glisser sur leurs tringles de grands rideaux blancs qui augmenteraient l'éclairement du décor, et il verrait passer devant lui, sur des chariots à roulettes, des dizaines de lampes de plus de cinquante ampères.

Jadis, après des heures de tournage face aux spots, il avait vu les acteurs obligés de se laver

les yeux dans des bains de cocaïne ou d'adréna-
line. On utilisait alors des pellicules orthochromatiques. L'éclairage électrique ajoutait
aux images un brillant que la lumière naturelle
ne suffisait pas à leur donner. L'électricité permettait de faire à la fois un clin d'œil et un
pied de nez au soleil. Melchior citait volontiers
ce mot de la princesse de Metternich : " L'électricité ne fait pas le bonheur ", ajoutant que
cette remarque était plus profonde qu'elle n'en
avait l'air. Ce soir, il pensait exactement le
contraire. Lui qui donnait si souvent comme
exemple du déclin de l'Occident la conversion
de la voie de l'Orme-aux-Chats et de la voie du
Bac des Carrières en rue Franklin et rue Volta,
quand la Compagnie Générale d'Électricité
s'était installée à Ivry au début du siècle en
absorbant la Compagnie des Lampes Incandes-
centes, il se sentait prêt à débaptiser son Château Saint-Léonard pour l'appeler Château Edi-
son ou Villa Ampère à condition qu'on lui livre
séance tenante un radiateur électrique à souffle-
rie et un lampadaire.

Il n'avait jamais eu froid comme ce soir,
malgré cette parka qui aurait dû lui permettre,
selon le vendeur, de faire du jogging au Groen-

land. En attendant, il aurait bien voulu retrouver ses gants. Il avait fouillé dans toutes ses poches, ne retrouvant que le courrier qu'il avait pris ce matin sur la banquette de piano où il le laissait s'accumuler depuis des jours. Il s'était dit qu'il y jetterait un coup d'œil dans le train, mais il avait préféré s'abîmer à ses risques et périls dans les songeries qu'avait fait naître en lui la lecture du cahier de Georges. Il n'ouvrait presque plus jamais le courrier qu'il recevait. A quoi bon ? " Et pourtant, c'est vivant, une lettre, pensa-t-il. Les lettres viennent vous troubler chez vous. On peut embrasser une lettre. Je l'ai fait. On peut la déchirer. On peut... J'ai mordu des lettres. L'effet d'une lettre peut durer des années. Il faut faire attention. J'ai parfois rôdé des jours et des jours autour d'une lettre que je me défendais d'ouvrir. Quand on n'a plus envie d'envoyer des lettres, pourquoi lire celles qu'on reçoit ? "

Les lettres qu'il écrivait, il les commençait sans savoir à qui il les enverrait. Depuis la mort d'Irène, il ne savait plus où il en était avec ces histoires de courrier. La plupart des lettres qui arrivaient maintenant chez lui, c'était Alabama qui les lisait. Elle lui faisait des résumés. Avoir la chance de recevoir tant de lettres et ne pas les ouvrir, ça la dépassait. Quand elle venait le voir, elle lui demandait tout de suite où était le courrier.

On avait beaucoup écrit à Melchior à la parution de ses Mémoires. Il avait été prévenu qu'après la sortie d'un livre, l'auteur reçoit des nouvelles de ses anciens camarades de classe. Manifestement, Melchior avait survécu à tous ses condisciples, à moins que les survivants, égocentriques et amers, chacun dans son coin, l'ayant vu à la télévision sans être sûr de le reconnaître, n'aient pensé comme le marquis Jules de Noailles : " Vous vous persuaderez un jour comme moi qu'il n'y a guère moyen de causer de quoi que ce soit avec qui que ce soit. "

Des lecteurs lui avaient demandé ce qu'étaient devenues Audrey Hepburn, Eva Bartok et Maria Schell, et pourquoi n'avait-il pas coproduit le premier James Bond, alors qu'il avait eu le scénario en mains? Le *Dr No* n'avait pas coûté cher. Les acteurs étaient inconnus et personne ne s'attendait à ce que ce soit un succès. Sacrés Saltzman et Broccoli! Grâce à 007, ils nageaient dans les millions de

dollars! Et Melchior n'était pas dans le coup!
S'il avait produit le premier James Bond, un
film qu'Alabama avait beaucoup aimé, elle
aurait peut-être été fière de lui, bien qu'on ne
sache jamais pourquoi les autres sont fiers de
vous, ni eux non plus.

Si Alabama était venue avec moi, pensa-t-il,
nous serions en train de parler dans le noir. Elle
m'aurait réconforté.

Et il se souvint qu'après avoir milité des
années contre le tabagisme au lycée, Alabama
s'était mise à fumer. Elle aurait eu un briquet!
Ils auraient trouvé du bois et allumé un feu
d'enfer dans la cheminée du salon. Plongés
dans leur discussion, ils n'auraient pas entendu
arriver le taxi. Elle aurait peut-être eu envie de
lire les lettres qu'il avait dans sa poche, à moins
qu'il ne se soit servi de son courrier comme
allume-feu.

Ou alors, il aurait accueilli sa petite-fille
dans l'atelier de cinématographie. A Hollywood en 1920, elle serait devenue une star et
ses admirateurs se seraient appelés des Alaba-
maniacs.

Alabama ressemble tellement à la mère de
Melchior! Sur les pellicules orthochromatiques

de l'époque, les yeux verts ressortaient mieux que les yeux bleus. Melchior s'imaginait en train de filmer sa petite-fille dans le Château Saint-Léonard reconstitué dans les studios de la Metro-Goldwyn-Mayer. Alabama s'avance vers l'obturateur à iris de la caméra dont Melchior lui-même tourne la manivelle au rythme de cent vingt tours par minute, mais il a les mains gelées et ses gestes sont trop saccadés. Le studio devient une salle de projection où Alabama se désarticule sur l'écran comme le polichinelle plat, mû par un fil, que le petit Melchior a perdu jadis en promenade, un jouet qui serait ce soir le généralissime de son armée de fantoccini, le premier jouet offert par Florentin au plus jeune de ses futurs beaux-fils.

Il devenait vital pour Melchior de retrouver ses gants. Il filmerait Alabama une autre fois. D'ailleurs, elle n'était pas là. En retard, Alabama! En retard comme d'habitude! Il lui rappellerait qu'au XVIIIe siècle on avait enfermé, à la prison de For-l'Évêque, des actrices de la Comédie-Française et des danseuses de l'Opéra qui s'étaient fait attendre une demi-heure à leur spectacle.

En ce moment, Alabama faisait un stage de

montage dans un laboratoire. Elle s'était décidée à devenir monteuse de cinéma. Melchior la choquait en lui disant que le cinéma allait mourir, mais quand le cinéma serait mort, Alabama pourrait témoigner de ce qu'il avait été.

Il avait dû oublier ses gants à l'étage. Bien sûr! Il s'en souvenait même très bien. Il les avait enlevés dans la chambre qui avait été celle de sa mère. La pièce était restée à peu près inchangée. Elle avait dû être occupée par les directeurs successifs de la colonie de vacances, ces hommes qui font recommencer leurs lettres aux petits enfants qui écrivent : " Maman, je voudrais rentrer ", en les forçant à mettre à la place : " Je m'amuse bien. "

Un véritable ouragan semblait s'être déchaîné. Des rafales de vent destructrices se jetaient sur la maison. Des petites branches arrachées aux arbres étaient projetées sur les volets métalliques. Avec cette tempête, le taxi risquait de ne jamais arriver. Melchior enrageait d'être coincé dans ce nid de hiboux. Il serait bientôt pétrifié ou paralysé. Il allait devenir fou sur cette chaise, comme s'il subissait une épreuve psychométrique dans un laboratoire de recherches sur le comportement humain – ou sur le vieillissement cérébral?

Georges lui parlait souvent de l'influence de l'âge sur le fonctionnement mental. Le vieillissement pathologique serait-il devenu un sujet d'opérette ? A Montréal, Georges était connu de toutes les équipes qui étudiaient la décroissance des performances intellectuelles chez les sujets âgés. Il adorait passer des tests et il était toujours partant pour qu'on mesure ses capacités d'attention et de concentration. En novembre dernier, quand Melchior lui avait rendu visite, il avait voulu qu'ils aillent passer ensemble une épreuve de mémoire immédiate : " J'améliore chaque fois mes performances, tu comprends, c'est ce qu'ils appellent l'apprentissage de la situation de test, et ça les dérange. Ces jeunes gens veulent établir que les fonctions intellectuelles déclinent quand on vieillit. Allez viens, Melchior, on va leur prouver le contraire ! "

Ils étaient sortis à huit heures du matin, en se donnant le bras, Georges dans son vieux manteau en poil de chameau, Melchior dans la parka qu'il venait d'acheter. Il avait neigé toute la nuit et le carré Saint-Louis, où habitait Georges, semblait avoir été repeint en noir et blanc par un décorateur de film muet. Ils

avaient marché en s'enfonçant jusqu'aux chevilles dans la neige vers le Centre hospitalier où
tout le monde avait salué Georges avec de
grands sourires. Melchior avait été surpris de les
entendre dire à son frère : " Bonjour Dr Faustroll! ", " Mais le Dr Faustroll a encore
rajeuni! " A lui-même, on avait dit : " Alors,
c'est vous le frère du Dr Faustroll? "

La première fois que Georges s'était présenté
au Centre, on lui avait demandé sa date de
naissance, et il avait répondu qu'il était né la
même année que le Dr Faustroll, " quand le
XXe siècle avait (-2) ans ", et que, toujours
comme le Dr Faustroll, il était imberbe, sauf
ses moustaches. La secrétaire avait appelé par
interphone le Dr Lareau, qui avait compris la
référence au livre d'Alfred Jarry et avait fait
passer un test de mémorisation verbale à
Georges qui, depuis, était resté pour tout le
monde le Dr Faustroll. C'était une tactique,
avait-il confié à Melchior. L'histoire du
Dr Faustroll figurait dans son dossier et contri-
buait à établir l'excellence de sa note en fluidité
verbale : " Or, la fluidité verbale, mon cher
Melchior, d'après de nombreux travaux que je
pourrais te faire lire, est une des aptitudes dont

le déclin s'observe dès avant la cinquantaine. Pour des gens de notre âge, la fluidité verbale est une condition sine qua non d'espérance de vie, crois-moi. "

Au beau milieu de son montage, Melchior était parti là-bas en catastrophe. Georges lui avait tenu au téléphone un discours incohérent, entrecoupé de mots dont Melchior ne comprenait pas le sens exact — risque d'ischémie cérébrale transitoire ? — mais quand Georges avait parlé de risques de syncope et de mort subite, Melchior avait pris l'avion. Georges lui avait envoyé une limousine à l'aéroport. Il y avait une tempête de neige ce jour-là et Melchior avait eu l'impression de passer autant de temps sur l'autoroute que dans l'avion. Son frère prétendait s'être affolé pour rien, si on pouvait appeler " pour rien " la prochaine mise en place d'un cardiostimulateur. En tout cas, il était bien vivant et, un après-midi, il avait demandé à Melchior de l'accompagner dans un bar de danseuses nues. Il avait envie de regarder des corps de jeunes femmes. Melchior n'avait pas vraiment apprécié ce remake de " Suzanne et les vieillards ".

Même au Québec, Melchior avait eu moins froid qu'ici. Ce matin, à Paris, il n'avait pas pensé au temps qu'il ferait, et pour ce voyage il avait mis le costume en laine qu'Irène lui avait fait acheter dans un magasin de Milan. Il avait froid aux jambes et aux pieds. Il aurait dû mettre un des caleçons longs qu'il avait rapportés de Montréal. Il aurait mieux fait de rester au chaud dans son appartement.

A Paris, il serait descendu au café qui se trouve en face de chez lui et d'où il s'attendait toujours à voir sortir une flopée de poivrots échappés des films de Daquin ou de Duvivier — comme il aurait aimé prendre un verre ce soir avec Charpin, Gaston Modot, Raymond Cordy, Blanchette Brunoy!

Sa rue n'était pas une rue calme, mais elle aurait été plus reposante que ce coin de montagne bourbonnaise livré à tous les vents qu'aucun dieu grec ne viendrait l'aider à enfermer dans des sacs.

Trente ans plus tôt, Melchior aurait certainement produit un film sur cette rue. Il l'aurait fait réaliser par Franju ou par Rouquier. Avec un titre comme *Une rue de Paris*, la vente à l'étranger aurait été facile. Paris était encore une star. Il imaginait un film documentaire construit à la manière d'une symphonie, avec des mouvements lents et un brusque scherzo, un film où on aurait pris le temps de montrer les choses, un film où les images et les sons se seraient adressés à des spectateurs ayant le sens de la flânerie — à leur esprit de finesse plutôt qu'à leur système nerveux. On ne tournait plus de documentaires. Melchior se demandait comment le cinéma avait réussi à survivre après avoir été amputé de cet organe essentiel. Les rares cinéastes qui n'avaient pas oublié que le cinéma a besoin du documentaire comme une sonate pour violon et piano a besoin du piano, étaient contraints de déguiser leurs films documentaires en films de fiction. Jean Renoir avait dit à Melchior que *La Règle du jeu* était un documentaire sur Marcel Dalio interprétant le rôle du marquis de la Chesnaye. Et quand Melchior pensait au cinéma, il revoyait les rues de Berlin filmées par Walter Ruttmann et celles de San Francisco filmées par Hitchcock, les insectes filmés par Satyajit Ray et les animaux au bord de la rivière dans *La Nuit du chasseur*, les lacs et les fleuves filmés par Mizoguchi ou Dovjenko, tous ces plans où l'action a la politesse de s'effacer devant la poésie.

12

Dans cette maison construite, détruite, agrandie, rénovée, refaite, aménagée pendant huit siècles, Melchior ne savait plus l'heure mais se souvenait qu'on était le jeudi 18 février, et que, dans neuf jours, il assisterait à la remise des Césars, confortablement assis dans une salle où tout le monde se plaindrait d'avoir trop chaud, et où des gens qu'il connaissait parleraient sur scène de leur joie et de leur émotion. Toute la profession réunie aux premiers rangs d'une salle de spectacle lui rappelait chaque fois les passagers d'un navire qui coule et que l'équipage regroupe sur le pont. Il y aurait de la musique, comme pendant le naufrage du Titanic. L'iceberg aussi serait là, camouflé en caméras de télévision.

On viendrait demander à Melchior des nouvelles de son film. On le féliciterait d'avoir eu le courage de tourner un premier film à quatre-vingt-un ans. Cecil B. DeMille lui aurait dit que c'était un excellent argument publicitaire.

Melchior avait rencontré tant de cinéastes qui, après trente ou quarante ans de métier, après quinze ou trente longs métrages, lui avaient dit qu'ils considéraient n'en être encore qu'à leurs débuts. Il en serait donc lui-même à ses débuts en ayant fait l'économie d'une trentaine de films. S'il avait commencé plus jeune, il aurait pu s'amuser à essayer des styles ou des genres différents, mais tout ce qui l'amusait, il l'avait mis dans son film. Si on lui disait qu'il avait fait un film disparate, il répondrait que c'était à l'image de sa vie. Si on parlait de kaléidoscope, il dirait qu'il avait cherché à faire un autoportrait.

Le tournage l'avait beaucoup fatigué, même s'il était rentré tôt tous les soirs et s'était couché à neuf heures. Il était parti se reposer un mois avant d'attaquer le montage et il montait maintenant depuis quatre mois, modifiant sans cesse l'ordre des séquences. Il était loin d'avoir évacué toute la fatigue accumulée pendant les six semaines de tournage, et s'il avait été plus

en forme, il aurait sans doute été moins boule-
versé tout à l'heure en constatant l'état lamen-
table dans lequel il avait trouvé la maison.

Le moment le plus euphorique de tout le
film avait été la préparation. Tout ce qu'il faisait, pensait ou imaginait se rapportait à ce film
qu'il observait comme on regarde un avion qui
va atterrir. Il avait tout de suite su que son film
serait un antidote à ses souvenirs — des histoires
qui arriveraient à un vieil homme, un film qu'il
aurait refusé de produire si on était venu lui en
parler de cette manière !

La première fois qu'une image de son film
s'était imposée à lui, il était dans un taxi qui le
conduisait au bureau. Il avait demandé au
chauffeur de faire un détour par le quai des
Tuileries, désireux de longer la Seine et le
Louvre dont toutes les boiseries en chêne massif, au si joli grain, provenaient de la forêt où
avait travaillé son père. Ces boiseries étaient en
bois maillé, un bois qui ressemble au plumage
du perdreau. Le taxi avait traversé la place de
la Concorde, et Melchior avait eu l'impression
de prendre un bain d'œil en se laissant sub-
merger par un flot de lumière qui faisait de ce
ciel d'avril en Ile-de-France un diorama dont le

modelé l'attirait comme les draps frais d'un lit où il aurait voulu s'endormir et se réveiller non pas dix heures plus tard mais soixante-dix ans plus tôt. Les signaux lumineux qui venaient de pénétrer dans son cerveau avaient fait surgir une image dont les couleurs étaient restées d'une surprenante fraîcheur, et, tandis que le taxi s'engageait sur le pont du Carrousel, il s'était retrouvé assis entre Florentin et sa mère dans la grosse torpédo blanche que celui-ci venait d'acheter. Il avait su alors que son film commencerait par évoquer son enfance dans des décors peints.

Les décors? Dans le taxi, il avait commencé d'en dresser une liste. Ce serait bien de connaître les décors pour décider ensuite de ce qui s'y passerait. Tournage en studio, en intérieurs réels? Si on pouvait trouver un petit studio comme celui de Méliès ou comme les premiers studios scandinaves, un studio de vingt mètres sur sept, ce serait parfait. Dommage que le fondateur de la Nordisk, qui avait été directeur de cirque avant de devenir producteur, ne soit plus là! Pellicule couleur, noir et blanc? Noir et blanc, bien sûr. S'il y avait des scènes nocturnes, Melchior aimerait qu'on puisse les passer dans un bain de teinture bleue. Il téléphonerait aux laboratoires pour voir lequel réagirait le mieux à ce genre de caprice. Non, ce n'était pas un caprice. Il ne souhaitait pas tourner un film comme on les tournait quand il était arrivé dans la profession, mais comme on les tournait quand il était enfant. Il espérait que les laboratoires parviendraient facilement à retrouver les formules des solutions colorantes du temps du muet. S'il se souvenait bien, c'était avec des ferricyanures de fer qu'on modifiait le ton des ombres en bleu, mais tout avait bien changé, et on lui proposerait vraisemblablement un procédé électronique dont il se méfiait d'avance. Il ne voulait pas faire un film nostalgique, mais il se réservait de pouvoir utiliser certains éléments du langage cinématographique auxquels on avait renoncé, selon lui, sans raison. Quand on coloriait les films à la main, c'était très beau. Tous les films en couleurs des vingt dernières années pourraient aller se rhabiller devant la magie et la poésie d'un film colorié à la main — pas au patron, mais à la main ! — par de délicates mains de jeunes filles qui traitaient les images une à une, au pinceau fin. On trouverait les jeunes filles, mais où trouver le chef coloriste qui déterminerait les nuances et préparerait les couleurs? Un jeune peintre, peut-être? Mais y avait-il encore des jeunes peintres qui daigneraient tenir un pinceau? Ils avaient l'air d'avoir tellement peur de la toile et des pinceaux, qu'ils préféraient les bouts de bois, le verre, la quincaillerie, et bientôt les pâtés de sable.

Et le son? Maintenant, tous les films sont en son direct. C'est du son interchangeable. Où pourrait-on trouver de vieux micros? Melchior n'aimait pas les micros modernes. On entend mieux, paraît-il, mais on entend quoi? Il voulait un son sale, avec du grain, du son qui ne soit pas du chichi sonore. "Tous ces sons élégants comme des accessoires de grands couturiers, non, non et non! Je veux des sons vivants, qui donnent l'impression qu'on ne les a pas enregistrés, comme s'ils se produisaient vraiment pour la première fois pendant la projection."

Il se souvenait des bruitages effectués en direct dans les salles, en même temps que la projection, à chaque séance. Il y avait aussi eu les films sonorisés avec d'immenses disques et des aiguilles de type "sourdine" qu'il fallait changer après chaque projection. Les projectionnistes, qu'on appelait des opérateurs de projection, réglaient l'intensité des bandes sonores au moyen de leurs *faders* en disposant parfois d'un livret qui accompagnait la copie du film et leur signalait les moments où il fallait monter ou baisser le son. Des films sonores avaient déjà été projetés en 1900. Les rapports de l'image et du son étaient la clef de voûte de l'art cinématographique.

Si on pouvait lui rafistoler une vieille caméra bien lourde, une bonne vieille et sympathique caméra de studio... Il faudrait quand même louer une Panaflex pour tourner des plans à la main. Il voyait son film avec des séquences aux plans très fixes, très cadrés, interrompues sans crier gare par d'autres séquences filmées à la main, comme si la caméra s'échappait, des images comme des oiseaux qui s'envolent, mais sans qu'on sente la main de l'opérateur. Il faudrait que la caméra elle-même soit une main.

Les panoramiques et les recadrages seraient faits au manche, pas aux manivelles. Melchior avait plein de reproches à faire aux manivelles, qui donnent aux mouvements de caméra un côté sournois et m'as-tu-vu. Avec le manche, on était plus près des inclinaisons, des flexions et des rotations de la tête humaine.

Le taxi l'avait déposé devant l'immeuble où se trouvait son bureau, ce cher immeuble à l'angle de la rue de Marignan et des Champs-Élysées, paquebot restant sagement à l'ancre et où il se sentait à l'abri de ce qu'un de ses écrivains favoris, Octave Mirbeau, appelait déjà, au moment où Melchior naissait, la vie rastaquouérique.

La fenêtre de son bureau donnait sur les Champs-Élysées, où les hôtels avaient disparu et où les cinémas avaient changé de noms.

Dans combien de chambres de l'hôtel Claridge était-il allé avec des femmes?

Combien de chambres, Melchior? Et combien de femmes? Il s'était souvenu de la voix de Peter Ustinov dans le dernier film qu'ait tourné Max Ophuls : " Ensemble, nous allons les compter! " Celles qui se déshabillaient plus vite que lui et l'attendaient toutes nues sous les couvertures, le visage caché dans les cheveux, celles qui voulaient le faire parler des autres femmes qu'il avait connues, celles à qui il disait des choses aussi simples que : " Tes fesses sont douces ", et qui lui répondaient : " Ah oui? On ne me l'a jamais dit ", celles auxquelles il avait déclaré que Picasso, s'il les avait vues, aurait renoncé à inventer le cubisme...

Melchior n'en avait pas fini avec le sexe! Quand il avait essayé d'arrêter de boire, il avait offert à qui en voulait ses alcools hors d'âge. Que n'avait-il fait la même chose avec ses souvenirs!

Pour préparer son scénario, il avait acheté des textes d'auteurs grecs et latins en se disant que ces auteurs, le moment venu, lui donneraient aussi des leçons de montage. Il avait relu le livre de Cicéron sur la vieillesse, dans lequel il avait puisé tant d'idées qu'il se demandait s'il ne devrait pas mettre au générique le nom de Marcus Tullius Cicero.

Il avait déjà lu ce livre à vingt ans, un livre qui lui avait donné envie de devenir vieux le plus vite possible, tant l'existence des vieillards y paraissait aussi attrayante qu'une croisière dans les mers du Sud, une sorte de cocktail-party éternelle sous les palétuviers.

A la relecture, soixante ans plus tard, c'était plus sévère. On n'éprouve pas le regret de ce qu'on ne ressent plus, affirmait Cicéron qui finissait par accorder au grand âge quelques menues distractions qu'il rassemblait sous le terme de *quasi titillatio*.

Quelque soixante-dix ans plus tôt, Melchior s'était senti coupable de se masturber plusieurs fois par jour, non seulement pendant les récréations mais pendant les cours — la précocité intellectuelle est souvent accompagnée de signes de précocité sexuelle, aurait dit son frère aîné — alors qu'aujourd'hui, il était aux anges s'il lui arrivait simplement d'en éprouver l'envie!

La privation de la présence, de l'amour et du corps d'une femme était ce qu'il y avait de plus dur dans sa vie. Depuis la mort d'Irène, il n'avait plus fait l'amour et il était déprimé chaque fois qu'il était assailli par le souvenir de ses batifolages à l'hôtel Claridge (il avait aussi fréquenté l'hôtel du Rond-Point et ceux de la rue Balzac, pour rester dans le quartier).

Ces derniers temps, il n'avait pas produit de films. Il avait surtout acheté des films déjà terminés. Il allait moins sur les tournages. Son arrivée paralysait l'équipe. Il sentait qu'on avait fait la leçon aux seconds assistants qui se montraient trop prévenants, et le guidaient au milieu des câbles et des rails de travelling, comme une pierre tombale ambulante dont on déchiffrait au passage les inscriptions.

Et il avait fait la gaffe de publier ses Mémoires! Sa vie serait définitivement réduite à quelques moments aussi décevants que les photos — toujours les mêmes — dont on parsème les histoires du cinéma, en condamnant du même coup à l'oubli les chefs-d'œuvre dont aucune photo ne circule. Melchior possédait plus de dix mille photos de films. Il aurait voulu les publier toutes dans le même album, sans préface ni légendes, juste un index, et une photo par page, un Ancien Testament du septième art.

Quand il pensait au silence, même pas concerté, mais paresseux, mou, indifférent, qui entourait les trois films interprétés et réalisés par Harry Langdon, l'égal de Chaplin, il devenait furieux. S'il ne se trompait pas, deux de ces films n'étaient jamais sortis en France ! Qui avait les droits de ces films ? Existait-il encore des copies ? Il se sentait plus responsable que les autres distributeurs, puisqu'il savait depuis toujours que Langdon était un génie.

Quand on termine sa vie, elle devient plus simple et moins encombrée d'illusions. Qui avait dit cela ? Melchior n'en croyait pas un mot. Plus sa vie se compliquait, plus il était content. C'était peut-être le signe qu'il était loin de la fin ? D'où tenait-il la quasi-certitude qu'il deviendrait centenaire ? Quand il était enfant, il avait cru que centenaire était un métier. Il avait donc eu envie de donner un petit rôle à un centenaire dans son film.

Un acteur centenaire! Où trouver cet oiseau rare? S'il avait fait passer une annonce dans des journaux corporatifs (" la société Melchior Films recherche pour tournage un comédien âgé de cent ans "), son bureau se serait changé en hospice.

Melchior n'avait observé aucune des règles qu'il avait imposées aux autres. Comme tous ses confrères, il avait dit : " Un film, c'est d'abord un bon sujet, ensuite un bon sujet, et enfin un bon sujet. " Pendant qu'il préparait son film, il avait continué de croire à l'importance du sujet, mais pas de la même façon. Il n'avait plus la moindre envie de creuser la psychologie des personnages, comme s'il fallait leur faire passer des tests avant de les embaucher dans un scénario. Il voyait son film comme un personnage, un vieil Œdipe aveugle s'appuyant sur son metteur en scène et refusant la moindre compassion, résolu à se montrer indocile jusqu'à la fin.

Melchior avait engagé son fils comme scénariste : " Si tu as du talent, alors j'en aurai aussi. " Il s'agissait d'avoir le plus d'idées possible afin de les abandonner au fur et à mesure que le travail avancerait, en espérant qu'elles laisseraient des traces et soutiendraient le film. Les idées qu'ils garderaient, ou celles qui leur résisteraient, se transformeraient en sensations que la caméra et le magnétophone transmettraient aux spectateurs. Il y a un moment où le metteur en scène doit renoncer à intervenir. Tout se passe entre la caméra, le micro et les interprètes. Les machines se mettent à avoir du génie. Leur présence pousse les acteurs à aller chercher au fond d'eux-mêmes des gestes et des intonations dont ils ignoraient tout jusqu'à cet instant précis. Les machines ne pèsent plus. C'est comme une extase. Il avait déjà vu cela sur des tournages. De tels moments laissaient entrevoir que l'être humain n'est pas au bout de son évolution.

Comme point de départ, Melchior avait indiqué quelques images à Malcolm : une forêt, une grosse torpédo blanche, une femme avec une ombrelle et trois petits garçons, un centenaire avec une chemise à jabots, des gens qui traînent des valises, une jeune fille sur une terrasse ensoleillée, une maison vide, la guerre. Malcolm mettrait de l'ordre dans ce désordre. Si l'inspiration a besoin de points de départ, il faut aussi la

215

nourrir avec toute la vie de celui qui a recours à elle. Il avait vu dans la forêt de Tronçais, pendant la guerre de 14, des casernements ("écris *baraquements*, ce sera plus dans l'esprit du film", se souvenait-il d'avoir dit à son fils qui prenait des notes) où on avait regroupé des prisonniers de guerre allemands et alsaciens-lorrains qui abattaient des arbres pour les besoins de l'armée française. Ces baraquements, qui dépendaient du service des bois aux armées, avaient été baptisés par les poilus "Rondinville-les-Eaux", "Caillebotiville-les-Bains", "Poutreville-sur-Alliés". Voilà comment évoquer la guerre! Pourquoi ne s'en souvenait-il que maintenant? C'était une histoire qu'il aurait eu tellement de plaisir à raconter à Jean Renoir quand il tournait *La grande illusion*.

C'était au mois d'avril de l'année dernière, et à ce moment-là il espérait encore pouvoir commencer à tourner fin juin. Le tournage avait dû être reculé, et n'avait commencé qu'en août. La chaleur avait beaucoup incommodé Melchior. Pour préparer le film, il n'était pas descendu au festival de Cannes. La première liste des films en compétition ne l'avait pas excité. Le seul film qui l'intéressait était celui de Michael

Cimino, auquel on n'avait donné ni palme ni prix! Melchior avait vu le film récemment et avait envoyé un télégramme à Cimino.

Son film, il l'avait tourné pour Irène. Pendant tout le tournage, il avait eu le sentiment qu'elle se tenait près de lui et il lui demandait son avis. Était-ce un comportement de fou? Après l'accident d'Irène, et pendant des semaines, il ne s'était intéressé qu'aux rubriques d'accidents de la route dans les journaux. Et maintenant, la mort d'Irène était devenue une séquence de son film.

Malcolm avait été un excellent co-scénariste, mais c'était un curieux garçon. Melchior ne le comprenait pas toujours très bien, ce qui était plutôt bon signe. Un jour, Malcolm lui avait dit : " Quand j'écris, c'est comme si j'avais à demander sans arrêt la permission d'être génial. " Melchior était sûr de la phrase exacte. Il y a toujours une ou deux phrases qu'on retient par cœur sans y penser, parmi toutes celles que nous disent les gens qui nous sont proches. Son fils avait prononcé le mot *génial* comme s'il s'agissait d'un mot aussi simple que *grippe* ou *cheveux*. A qui devait-il demander une permission? S'imaginait-il que son père l'empêchait d'écrire, alors que Melchior avait toujours tout fait pour l'aider? Melchior savait qu'on donne rarement aux autres ce qu'ils attendent de nous, même quand on leur donne ce qu'ils demandent, mais au lieu de se sentir coupable, il se disait : " Tant pis pour eux! Quand on formule une demande, on devrait s'attendre avant tout à être déçu. C'est bien joli, le besoin de se satisfaire par l'illusion, mais il faut de temps en temps descendre dans l'arène, même si c'est répugnant. "

Malcolm appréciait ce qu'il appelait le nihilisme de bon aloi de son père, et ne donnait pas tort aux hérétiques qui avaient affirmé que Dieu a abandonné le monde à Satan pour sept mille ans. Il avait rédigé le premier jet du scénario en moins d'un mois et l'avait déposé au Centre National de la Cinématographie pour obtenir l'autorisation provisoire de tournage. Melchior avait été très agacé de devoir demander l'autorisation de faire son film. Oserait-on lui coller un conseiller technique, puisque les textes en prévoient un quand on n'a jamais fait de mise en scène? Il avait dit à Malcolm d'indiquer à tout hasard que son conseiller technique serait Mr Cecil B. DeMille.

Ou bien Mack Sennett. Melchior avait connu Mack Sennett. En 1930, ils avaient passé des nuits entières à jouer au poker. Il avait oublié d'en parler dans ses Mémoires. Il avait rencontré Mack au moment où il tournait son premier film en couleurs d'après un procédé qu'il avait inventé, le Sennett-Color. Le film s'appelait *Radio Kisses*. Sennett en avait aussi composé la musique. Il avait possédé des millions de dollars et tout perdu en 1935 dans la faillite de la Paramount. Il était mort à quatre-vingts ans dans un *charity home* de Hollywood. Il avait solidement établi qu'une tarte à la crème doit toujours atteindre le visage d'une autre personne que celle à qui elle était destinée.

Malcolm lui avait proposé de s'inspirer, pour son personnage principal, du roi Lear pris dans une nuit de tempête, entre un fou et un bâtard, ou bien de Baudelaire aphasique et n'articulant plus que " Crénom ! ", ou encore de Faust : " Ah non, pas Faust, lui avait répondu Melchior, je ne veux pas finir comme lui, enlevé au ciel par des anges sous une pluie de roses. Quelle indécence ! " Ils avaient failli se disputer comme au temps de la rédaction des Mémoires, quand Malcolm le tannait avec Chateaubriand et le poussait à adopter un ton qui n'était pas le sien, comme si Hollywood était le congrès de Vérone! Melchior regrettait maintenant de ne pas avoir suivi son fils qui voulait copier un appel à ceux que Chateaubriand appelait des *poursuivants de songes*.

Faisons l'appel de ces poursuivants de songes! Ouvrons le livre du jour de colère. Producteurs! Actrices! Acteurs! Voici votre collègue revenu parmi vous. Où êtes-vous? Répondez.

Harry Langdon? — Mort.

David Wark Griffith? — Mort.

Carl Theodor Dreyer? — Mort.

Carole Lombard? — Morte.

Raimu? — Mort.

Jean Grémillon? — Mort.

Blanche Sweet? — Morte.

Charles Spencer Chaplin? — Mort.

Sam Goldwyn? — Mort.

Mary Pickford? — Morte.

Alla Nazimova? — Morte.

Pier Paolo Pasolini? — Mort.

Charles Laughton? — Mort.

Alfred Hitchcock, qui avait suggéré qu'on grave sur sa tombe : " Voilà ce qui arrive aux méchants garçons "? — Mort.

Qu'est-ce donc que les choses de la terre?
Melchior n'avait trouvé qu'au dernier moment son acteur principal, qu'il était allé chercher à Rome, un acteur de théâtre du même âge que lui, qui avait créé des pièces de Pirandello, et que les assurances avaient refusé de couvrir. Il avait promis à Melchior, en lui embrassant les mains, de lui donner tout le talent dont il disposait encore. Il avait interprété un personnage atteint de troubles de la mémoire et d'une sorte de démence modérée qu'il avait rendue d'une manière plus cocasse que tragique.

Le premier jour de tournage, Melchior avait filmé la séquence de la rencontre entre les enfants et un centenaire, une séquence inspirée directement de son enfance. Au village, près du Château Saint-Léonard, vivait un centenaire, M. Brun, qu'on sortait sur le pas de sa porte comme on sort une plante d'intérieur sur un balcon. Il portait d'impeccables chemises à jabot qui lui faisaient une longue barbe floconneuse. Il se poudrait le visage et les cheveux, et avait sur le crâne un fez dont le gland doré voltigeait comme une guêpe dès qu'il remuait la tête. Il souriait dans le vide pendant des heures en caressant les chats du voisinage qui se succédaient sur ses genoux. On le tirait de sa torpeur en le faisant parler de l'armée française d'Afrique. Il empoignait sa canne et racontait l'expédition d'Alger : " Finalement, on l'a eu, Abd-el-Kader ! " L'expression *avoir Abd-el-Kader* avait été adoptée par les trois garçons, et Georges l'avait encore employée récemment au téléphone pour dire qu'il allait mieux : " J'ai eu Abd-el-Kader ! "

Melchior, toujours cloué sur sa chaise en plastique, aurait tout donné pour se retrouver en plein mois d'août avec ses trois jeunes interprètes qui avaient si bien reconstitué le trio des frères Marmont. Ils avaient été épatants dans la scène que Melchior avait écrite en se souvenant du vieux M. Brun, qui, tout en parlant, faisait des pets retentissants, une des causes majeures de l'intérêt que lui manifestaient ses trois visiteurs. Adrien expliquait à Georges et Melchior que le larynx de M. Brun vibrait en même temps que son anus. L'enfant qui avait interprété Adrien jeune, un petit à lunettes qui faisait des grimaces en regardant le soleil, avait dit son texte d'une façon désopilante. Melchior lui-même venait de rire tout seul dans son vestibule sinistre en imitant le petit garçon : " Le lion... rugit, le loup...

222

hurle, le dindon... glougloute, le centenaire...
pète. " Sur le tournage, l'ingénieur du son lui
avait dit : " Avouez que vous n'auriez pas pu
tourner cette scène autrement qu'en son direct,
et avec les micros dont vous ne vouliez pas pendant les essais ! "

Le film s'était finalement appelé *La Démence
du boxeur*, un titre que Melchior avait trouvé
pendant une discussion avec son médecin à qui il
avait posé des questions sur la différence entre
folie et démence, démence et dépression, vraie et
fausse démence.

Le médecin avait mentionné la démence des
boxeurs, dont Melchior apprenait l'existence, et
qu'on appelait aussi *dementia pugilistica*, une
forme de démence assez rare qui atteint des
boxeurs âgés ayant reçu trop de coups sur la tête.
Au lieu de dire " la démence des boxeurs ", Melchior avait mis l'expression au singulier afin de
la rendre universelle ! Son film racontait la vie
d'un homme, plus ou moins calquée sur la
sienne, qui établissait le solde, sur un ton amer
et amusé, des coups qu'il avait donnés et reçus.
La métaphore de la démence du boxeur serait la
modeste quote-part versée par Melchior Marmont à la définition permanente de l'être

humain par lui-même. Il lui avait semblé per-
tinent de suggérer que les coups fictifs sont plus
douloureux que des coups de poings, et leurs
plaies souvent inguérissables. Toute vie se passe
sur une sorte de ring mental, avait-il dit, où on
est le plus souvent contraint de se battre contre
soi-même, la seule règle étant qu'il faut se
battre, sans arbitre et sans gong, quel que soit le
nombre des adversaires. Quant à la démence,
Melchior n'y voyait pas un diagnostic médical,
mais une indication sur son époque. La dernière
réplique du film était : " Quand je quitterai
cette planète, il y aura un milliard d'analpha-
bètes. "

Le film serait finalement très court. Déjà pendant le tournage, il avait supprimé deux
séquences. Il s'était senti fatigué. Il avait voulu
tourner vite et finir avec quelques jours d'avance
sur le plan de travail. Au montage, il était en
train de raccourcir toutes les séquences. Il ne
voulait pas s'étendre. Le film ferait environ une
heure vingt. Les films qu'il avait aimés étaient
rarement plus longs.

13

Dehors, on aurait dit que Zeus avait libéré tous les monstres aux cent bras qui se battaient à coups de cyclones et de tremblements de terre contre les Titans. Toute la maison était ébranlée. Bientôt la porte d'entrée serait fracassée, et un géant écraserait Melchior entre ses doigts. La tempête ne secouait-elle pas la maison pour réveiller les esprits infernaux qu'il avait réussi à enjôler quand il était petit, mais qui ne se laisseraient pas abuser deux fois? Ce vacarme était organisé pour lui faire comprendre qu'on ne passe pas toute sa vie en compagnie de charmantes nymphes et de plaisants lutins, mais que l'heure sonne toujours, à laquelle nul ne peut se soustraire, où il faut quitter les kobolds et les elfes, et affronter tout seul l'ogre qui s'est nourri de nos bassesses, l'ogre qui nous a suivi partout et qui attendait patiemment d'être assez grand et assez gros pour se jeter sur nous et mettre fin à son martyre d'ogre en dévorant la cause de son appétit. " Les ogres nous détestent ", pensa Melchior. Une voix fielleuse lui répondit : " Pas seulement les ogres, Melchior, mais les dragons, les lémures et les larves, les nixes glapissantes, les salamandres qui te nettoieront les yeux avec leur langue... "

Contre les esprits infernaux, il fallait qu'il appelle à la rescousse son tambour sibérien. Les petits démons du Bourbonnais, frileusement planqués dans les recoins, décamperaient vite quand le son du tambour ferait surgir des rennes et des ours blancs. Les esprits de la taïga ne se laisseraient pas impressionner par le blizzard qui était en train de dévaster la maison.

Melchior seconderait les esprits que le tambour allait lui envoyer. Lui aussi, il avait des notions de magie. Il ne portait pas pour rien un nom de roi mage. Les rois mages étaient des magiciens. Aurait-il mené une vie différente si on l'avait appelé d'un autre prénom ? Il en était convaincu.

Melchior sentit ses mâchoires se contracter.

Sa nuque devint raide et il avait du mal à déglutir. Tous les muscles de sa tête, le muscle de la menace qui permet de montrer les canines et le muscle de la colère dont l'action est de froncer les sourcils, les muscles rudimentaires de ses oreilles et ceux qui lui avaient si souvent permis de sourire, les muscles du crâne et ceux du cou, comme fouettés par des légions de fibres nerveuses, se convulsèrent, ce qui décupla son affolement.

Il essaya de parler mais il éprouvait des difficultés à remuer les lèvres. Il aurait voulu crier une formule incantatoire pour faire reculer les esprits infernaux qui s'apprêtaient à le dévorer. Il aurait voulu lever les yeux vers quelqu'un de plus fort que lui et l'implorer. Il se sentait fragile comme un acteur qui, venant de renoncer sur scène à toutes les précautions dont il s'entoure dans sa vie quotidienne, se retrouve hébété en coulisses.

Il pensa qu'il ne tarderait pas à s'évanouir s'il ne se mettait pas debout, mais il ne sentait plus ses jambes, et il dut vérifier l'existence de ses cuisses avec ses mains. Il esquissa les gestes qu'il aurait à faire pour se lever. N'était-il pas assis sur cette chaise depuis sa naissance?

L'heure était venue de la quitter. Ce serait difficile. Il se souvint confusément de l'histoire d'un
gentilhomme qui ne se faisait soigner que
debout et appuyé sur sa pertuisane, affirmant
qu'un homme de guerre ne doit répandre son
sang que les armes à la main.

Aucun de ceux dont il aurait souhaité la présence n'était là pour l'aider à se redresser. Malcolm! Alabama! Claire! Pourquoi ne vous
inquiétez-vous pas? Personne n'avait eu l'idée
de téléphoner à l'hôtel, et apprenant qu'il
n'était pas rentré, d'organiser des secours?

Il fallait qu'il se remue pour se réchauffer.
Prenant appui sur les bords de la chaise, il se
déplia lentement comme une caméra qu'on fait
monter sur son pied télescopique, et il avança
d'un pas.

Il avait si froid aux mains! Il fallait qu'il
aille le plus vite possible chercher ses gants dans
la chambre de sa mère. Et s'il tombait? Il
aurait les jambes fracturées et resterait grabat-
aire pour le restant de ses jours.

Il avait moins d'une dizaine de pas à faire
pour trouver le départ de rampe, mais il avait
l'impression que son corps le tirait en arrière,
comme s'il n'avait pas le droit de s'éloi-

228

gner du carré magique qu'il avait tracé tout à l'heure en élevant quatre piles de livres autour des cartons vides.

Il aurait voulu pouvoir courir en zigzag dans le vestibule, comme on promenait les morts dans certaines tribus africaines, pour semer en cours de route les mauvais esprits.

Si ses muscles refusaient de le maintenir d'aplomb, il se traînerait à quatre pattes jusqu'à l'escalier. Il n'avait plus la moindre notion du temps, mais quand il heurta la première marche, il faillit perdre l'équilibre. Quelqu'un l'attendait pour l'empêcher de monter, un être hideux et phosphorescent, qu'il avait frôlé d'une manche de sa parka, un être armé d'un croc, qui ne respirait pas et le regardait.

Melchior le reconnut. C'était le gardien de l'escalier des gémonies, l'escalier des gémissements, *Gemoniae scalae*, les escaliers du mont Aventin qui conduisaient au Tibre, où on traînait les cadavres des criminels pour les jeter dans les flots du fleuve. Melchior allait-il être happé par le croc et jeté aux gémonies ? Il comprit que le tortionnaire phosphorescent s'était échappé d'un des livres qu'il avait imprudemment feuilletés dans l'après-midi. La Rome antique venait reprendre son bien dans la cervelle de Melchior. Un coup de croc éparpillerait dans le vestibule les quatorze os de sa face. Le patron de la S.A. Melchior Films, grand producteur de péplums devant Néron et Caligula, admirateur intempestif de Pétrone et de Cicéron, terminerait sa carrière en mourant sur les escaliers des gémonies, comme celui dont il avait fait filmer la vie : l'imperator Vitellius surnommé *Spintria*, le Sphincter, commanditaire rancunier du meurtre qui allait se perpétrer sans témoins au Château Saint-Léonard.

Le monstre phosphorescent s'était dissous dans les marches, et dans le noir opaque, Melchior devinait l'escalier devant lui.

S'il arrivait en haut, il serait sauvé. Ses mains le faisaient terriblement souffrir, comme un alpiniste qui sait qu'il risque l'amputation, mais l'important, c'était la conquête du sommet.

Il avait faim. A l'hôtel, on avait promis de lui garder un ballottin de sole aux girolles. Exceptionnellement, il boirait ce soir un grand verre de vin blanc très sec. Sur la carte, il avait repéré une escalope de saumon frais aux huîtres, de la cressonnette de foies de volailles au xérès et une mousse de poivrons. Ces plaisirs-là viendraient plus tard. Il devait d'abord monter l'escalier.

Il gravit péniblement six ou sept marches. Il pensa à l'histoire des deux fous qui se promènent sur des rails de chemin de fer en passant d'une traverse à l'autre. " Les marches sont vraiment hautes ", dit l'un, et le second lui répond : " Ce sont plutôt les rampes qui sont trop basses! " Melchior savait qu'il faut se protéger de la peur par le rire. Une peur qui vous domine n'est qu'une mauvaise expérience.

Essoufflé, il s'arrêta. L'escalier lui semblait aussi long que la vie qu'il avait déjà vécue, aussi déroutant que les années qui l'attendaient. Il avait laissé passer l'heure de prendre ses médicaments, qui étaient restés à l'hôtel. Si le taxi n'arrivait pas, il finirait par suffoquer.

Combien de marches avait-il encore à vaincre? Avec peine, il reprit son ascension en s'agrippant à la rampe en fer forgé. Une marche pour Maman, et encore une marche pour Maman! L'être humain est petit et naïf, mais il a toujours accompli de grandes choses, et Melchior viendrait à bout de son escalier!

231

Ivanhoé ne serait pas là, dans son armure noire, un fléau d'armes à la main, pour l'aider et l'accueillir aux cris de *Montjoie !* en le hissant jusqu'à lui, ni les deux jeunes filles qui auraient pu lui frictionner le dos et lui panser les mains, l'affectueuse Rowena et l'ardente Rebecca, la belle Joan Fontaine et la jeune Elizabeth Taylor. Allons, courage ! Il ne restait plus qu'une marche.

Il était à bout de forces, étourdi et ressentant des douleurs dans les bras, les épaules et le cou. Son corps avait été soumis à rude épreuve aujourd'hui. Il eut l'impression de dépenser toute l'énergie qui lui restait en franchissant la dernière marche qui avait eu l'air beaucoup plus haute que les autres.

Quand il était arrivé sur le palier, la tempête avait brusquement cessé, et un prodigieux silence avait envahi la maison, le silence d'un auditorium que les membres de l'orchestre viennent de quitter, claquant leurs sièges et abandonnant pupitres et partitions.

Le vent s'était enfin apaisé, comme rassasié d'arbres abattus et de toitures arrachées, et Melchior avait su qu'il allait retrouver — miraculeusement intacte — la sérénité qui faisait pour lui le charme de cette maison, une sérénité semblable à celle de la statue d'une déesse cambodgienne aux yeux de nacre.

Il s'était dirigé à tâtons vers la chambre de sa mère, au bout du couloir. Dans cette chambre, sa mère et Florentin s'étaient un jour déguisés, elle en homme et lui en femme. Tout le monde avait applaudi, sauf Melchior qui s'était enfui. On l'avait retrouvé à la nuit tombante, caché dans le fond du jardin. La scène était maintenant au début de *la Démence du boxeur*.

Dès la semaine prochaine, s'était-il dit, il raccourcirait encore son film. Pourquoi faire un film d'une heure vingt? Une heure cinq suffirait. Dans la Bible, la création du monde avait été racontée en trente phrases par des gens qui, à l'évidence, connaissaient leur métier.

Il avait poussé la porte de la chambre. Ses gants se trouvaient en effet sur la cheminée, et il s'était senti plus détendu après les avoir enfilés. Ses mâchoires avaient cessé de le faire souffrir. Il serait bien dans cette maison. Il se ferait une joie de la meubler. Il achèterait un de ces canapés qu'on appelle des siamois ou des confidents, faits de deux sièges juxtaposés en sens inverse, et il passerait de longues soirées à dialoguer avec celui des deux sièges qui resterait vide. Lui qui n'avait jamais dit le fond de sa pensée à personne — mais qui en est capable? —, il penserait à haute voix, seul dans son salon restauré, où pétilleraient des bûches de sapin.

Il était resté longtemps devant la fenêtre aux vitres cassées par la tempête, angoissé par le silence alors qu'il entendait encore dans sa tête le vacarme du vent.

Le calme de la nuit était absolu, et, en regardant le ciel qui lui avait paru prendre lentement une coloration gris neutre, il s'était souvenu d'avoir discuté la veille au laboratoire de rayons bleus et de sulfure d'argent. Le ciel connaissait mieux que les techniciens le rapport si difficile à établir entre les opacités et les luminosités.

Sous la fenêtre, la terrasse était recouverte d'un manteau neigeux où des branches cassées, dispersées çà et là, ressemblaient à une calligraphie japonaise.

Melchior aurait voulu que la lune apparaisse. Dans l'ancien temps, on avait cru que la lune était peuplée de loups qui essayaient de la dévorer lors des éclipses. On avait cru aussi que la lune s'était détachée de la Terre et que l'océan Pacifique était la cicatrice qu'elle avait laissée. Si personne n'avait eu la curiosité de connaître les astres, le cinéma existerait-il? Aurait-on jamais inventé ces instruments à lentilles qu'un moine de Bohême, trois siècles auparavant, avait appelé des objectifs?

Melchior n'avait plus su à quoi accrocher sa pensée. Il aurait voulu se souvenir de tout ce qu'il avait aimé, mais il avait aimé trop de gens, trop de choses, trop de moments.

Il lui avait semblé entendre au loin l'horloge de l'église du village sonner les douze coups de minuit. Au douzième coup, une lumière était apparue à travers les arbres. Il était certain d'avoir entendu des coups de klaxon répétés, des claquements de portières, des rires. C'était Malcolm et Alabama! Ils avaient dû apprendre par la télévision qu'un cyclone dévastait le Bourbonnais, et ils étaient venus le chercher. Ils s'étaient munis de torches électriques, et, avant de prendre la route, ils étaient passés chez un traiteur. Alabama savait que son grand-père adorait la tarte à la rhubarbe. Comme c'était agréable d'avoir une famille!

Mais en réalité, rien n'avait troublé le silence du jardin. Melchior avait suivi des yeux l'étrange lumière qui se rapprochait. Il avait entendu un crissement régulier qui ne pouvait pas être un bruit de moteur. Il avait fini par identifier ce bruit autrefois familier, et qu'il croyait disparu, le grincement des roues cerclées de fer d'un char à bancs ou d'une carriole. Il s'était penché à la fenêtre et il avait vu s'avancer lentement vers lui un vieux cheval noir dont les sabots ne touchaient pas le sol, et qui tirait d'un air calme et fatigué un char à quatre roues.

Melchior avait aussitôt reconnu la charrette fantôme, la charrette qui vient ramasser les morts. Une lampe-tempête éclairait le visage impassible du conducteur qui avait caressé son cheval quand la charrette, ayant traversé le mur, s'était arrêtée au milieu de la chambre. D'un ample mouvement du bras, l'homme avait invité Melchior à le rejoindre.

La charrette était repartie sans tarder, emmenant Melchior allongé à l'arrière, les jambes enveloppées dans une couverture de voyage. Le cheval avait docilement pris le galop. La charrette s'était élevée au-dessus des arbres et avait disparu dans l'aigre vent du nord vers les fjords et les tourbières, survolant les étangs brumeux et les grands chênes de la forêt de Tronçais.

R
WEY
D

32682

Cet ouvrage a été réalisé par la
SOCIÉTÉ NOUVELLE FIRMIN-DIDOT
Mesnil-sur-l'Estrée
pour le compte des Éditions Grasset
en novembre 1992

Imprimé en France
Première édition, dépôt légal : août 1992
Nouveau tirage, dépôt légal : novembre 1992
N° d'édition : 8985 - N° d'impression : 22356
ISBN luxe : 2-246-44850-6
ISBN broché : 2-246-44851-4